「これが俺だと……？」
鏡に映る自分の姿。
俺は間違いなく
エルヒン・エイントリアンの姿をしていた。
エルヒン・エイントリアン
JN172802

ユラシア・ロゼルン
「あなたがエルヒン・エイントリアン？」

「だとしたら……？」
「それなら、死んでいただきます」

「本当に奇跡を起こせるのか？」
ジント
「任せろ。ここで奇跡を起こす」

俺だけレベルが上がる世界で悪徳領主になっていた

わるいおとこ

FB
ファミ通文庫

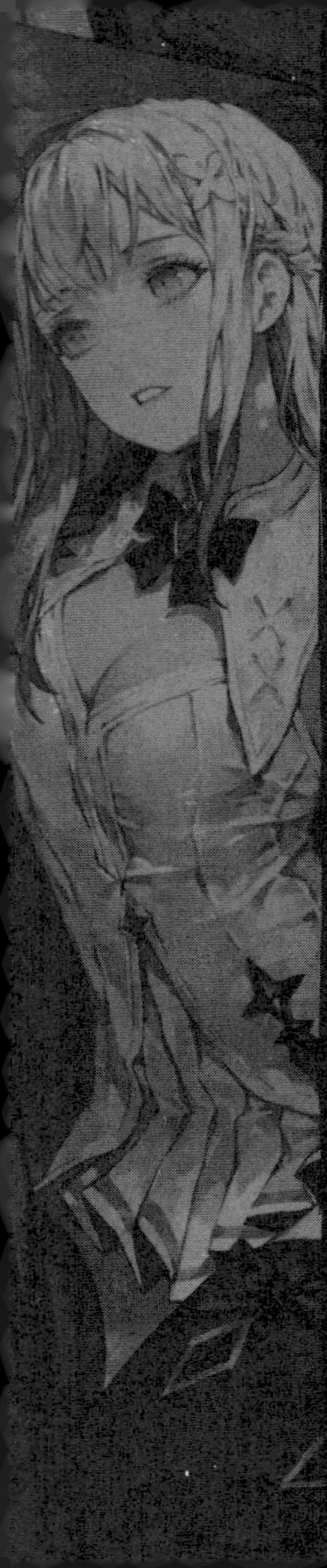

contents

Oredake LEVEL ga
agaru sekaide
Akutokuryousyu ni
natteita.

illust. raken

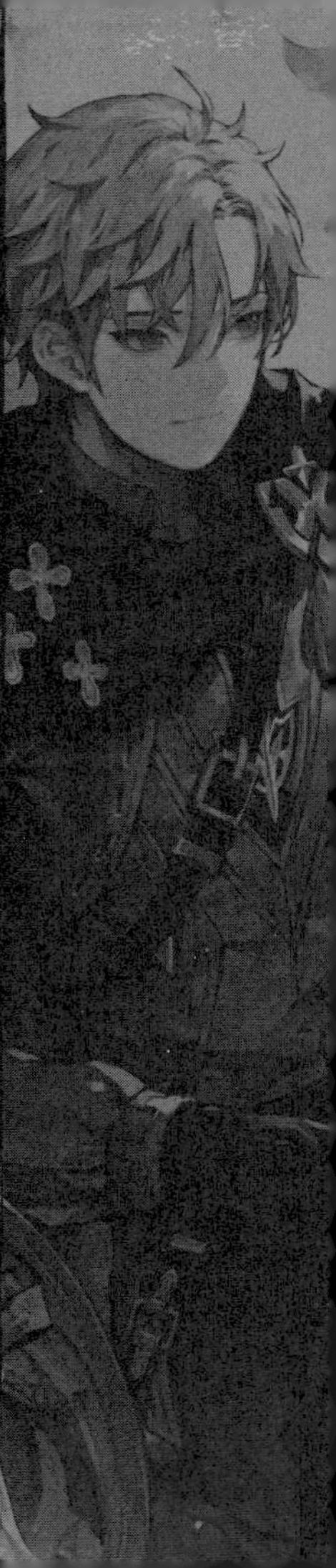

第1章 悪徳領主

［レベル99を達成！］
［天下統一に成功しました］

ゲーム内でメッセージがきらめいた。俺が最近すっかりはまっているこのゲームは、異世界の戦国時代を背景にしたものである。

ゲーム発売日から夢中でプレイし続けた結果、ついに天下統一に成功した。

［運営からメッセージが届きました］

ゲームを完全攻略した瞬間、初めて見るメッセージウィンドウが現れた。運営が直接メッセージを送ってくることがあるのか？

ソロプレイゲームだが、戦略スコアが集計されてプレイヤーランキングが作成される。

だから一応はネットに繋がっているし、メッセージを受信できる環境なのは確かだ。

何か特典でも貰《もら》えるのか？　アイテムとか？
好奇心を刺激されて、ひとまずメッセージウィンドウをクリックした。すると、また別のメッセージがずらずらと画面に表示された。
［栄光に挑戦しましょう。これは、ランキング1位のあなただけに与えられる特典です］
［ゲームの運営は、あなたの戦略を高く評価します］
［特典のご案内］
［栄光に挑戦する準備ができたら、まずは特典を獲得《かくとく》しましょう。特典は、始まりのMAPから探検を通じて手に入れることができます］
『栄光』だと？
まさか、続編でもあるのか？　ゲームは完全攻略した。混沌《こんとん》とした戦乱の時代、田舎町の主人公から始めて王となり、天下統一を成し遂げた。
二周目にはあまり楽しさを見出せそうにないためプレイする気はなかったが、特典という言葉には少し惹《ひ》かれた。
そこまではっきり言われると隠されたストーリーがあるようにも思えてくる。
始まりのMAPのどこだ？

好奇心が爆発した。これでは攻略したのにすっきりしない。だから特典を探し回った。

しかし、いくらゲーム内のＭＡＰを探し回っても特典など見当たらなかった。

運営の悪戯か？

ここまでくるとそうとしか考えられない。パソコンから開発会社のホームページに入った。問い合わせフォームが設置されていたため、現れたメッセージの意味について質問のメールを送った。

もし悪戯《いたずら》ならがつんと言ってやろうと思いながら時計を眺《なが》めた。

運営からのメッセージによってゲームを攻略した達成感は消え、疲れだけがどっと押し寄せてきた。もう夜中の３時だ。問い合わせメールに返信がくる時間でもなかった。

「ふはぁ～あ！」

自然とあくびが出たから仕方なくゲームの電源を落とした。いや、落とそうとした。

その瞬間、急に意識が薄れた。周囲が闇《やみ》に染まり、俺は酷《ひど》いめまいに襲われた。

＊

目を覚ました。

今日もいつも通り始まった一日。伸びをしながらあくびをした。俺の習慣だ。これをすると、起きた時に少しすっきりした気分になる。

「えっ？」

ところが、目の前の風景にまったく見覚えがなかった。寝ぼけているのかと思い、一旦目を閉じた。そして、目をこすってからまた開ける。

しかし、見覚えのない風景であることには変わりなかった。

誰かの家？

生まれて初めて見る寝室だ。それも豪勢《ごうせい》な中世ヨーロッパ風の寝室。

別に酒に酔っているわけでもない。

あっ！

その時初めて思い出した。ゲームの電源を落とそうとしたら目の前が真っ暗になり、酷いめまいに襲われて意識を失ってしまったということを！

何だ？　意識を失って夢でも見ているのか？

どうにか目が覚めないかと俺はすぐに頬《ほお》をつねった。

「うあっっ！」

痛かった。強くつねりすぎた。

だが、これでひとつ確実なのは夢ではないということ。

夢の中で痛みを感じるはずがない！

おそらく気を失ってからこの場所に移されたのだろう。

俺はぞっとしながら、もう一度周囲を見回した。

拉致《らち》でもされたのか？

一体、ここはどこなんだ？

ベッドの正面の窓へ歩み寄り、カーテンのようなものを開けた。

窓を開けて、外の風景を眺める。

そこには……。

「これは一体？」

思わず虚《うつ》ろな独《ひと》り言《ごと》が飛び出す。開いた口が塞《ふさ》がらなかった。俺の知る風景ではない。ビルの森が広がる都市ではなく、一階建てから二階建ての建物が集まっている、そんな風景だった。そんな都市を城郭《じょうかく》が囲んでいた。

城壁《じょうへき》の上には朝日が輝いていて、風景そのものは何だか異国的でとても美しかった。

だが、美しさに感嘆《かんたん》してる場合ではなかった。目の前に広がるのはリアルな風景だ。

ゲームの画面の中ではないということ。

到底、理解できる状況ではなかった。

ヨーロッパには中世の姿のまま残された都市があると聞いたことはあるが、そんな感じではない。現代の雰囲気がまったくなかった。街路を行き交《か》う人々の服装もそうだが、自動車ではなく馬や馬車が道を走っている。

さらに、俺がいる場所は城だった。都市で一番高い建物だ。都市の風景がこれほどにも一目で見渡せるのだから。

俺は、そんな城の寝室で窓を開けていたのだ。

「お目覚めですか？」

頭が混乱《こんらん》に陥《おちい》ったその瞬間、扉をノックする音が聞こえてきた。

この状況を作った張本人かもしれないと思い、急いで走って行き勢いよく扉を開けた。

「どういうつもりですか！　どうして俺をこんなところに！」

老人に向かってそう訊《き》くと、彼は俺の顔色をうかがいだした。

「ご主人様？」

さらに、この老人は突然俺をご主人様と呼んだ。

「ご主人様って、何を言っているんだ⁉　それにあんたは一体誰なんだ！」

状況が理解できなかった俺はそう訊き返した。老人とその背後に立っていたメイド服のふたりの女は、俺の質問にすっかり怯《おび》えた表情でお互いの顔を見つめ合った。

「私は侍従《じじゅうちょう》長のランダースです。ご主人様はエイントリアンの領主エルヒン様ではありませんか。これはまた何のおふざけですか？」

侍従長は酷く困惑した顔でそう言った。だが、俺の方こそ戸惑《とまど》っている。おふざけだなんて、とんでもない。

いや、待てよ。エルヒン？　エイントリアン？

エイントリアンなら、確か寝る直前までやっていたゲームに出てくる地名だ。

いや、まさか？

エイントリアン領は、ゲーム後半で相当重要なイベントがたくさん起こる地域だった。そういえば、ゲーム序盤《じょばん》に出てくるエイントリアンの領主の名前がエルヒン・エイントリアンだったような気もするが。

俺がそのエルヒン・エイントリアンだと？

「まさか、ここはルナン王国で、エイントリアンの領地？」

「ええ、もちろんです。ルナン王国の領地エイントリアンでございます」

「俺が、その領主のエルヒンだと？」

「はい。ご主人様。今日は……何をなさるおつもりですか？」

侍従長が相変わらず怯えた表情で訊いてきた。俺は死ぬほど深刻なのに、さっきから何を言っているのか。いや、そんなことはどうでもいい。

つまり、彼らにとって俺はゲームの登場人物エルヒン・エイントリアンということ？

それは、俺がゲームの中にでも入ってきたということか？

ありえない。

確かにありえないが、周りの風景と侍従長やメイドたちの容姿《ようし》。そういったものが、今の状況に現実味を与えているのは事実だった。

まったく呆《あき》れて話にならないが。

「鏡……。どこかに全身鏡は？」

「下の階にございます。ご主人様！」

そう返答したのはメイドたちだった。

「下の階のどこに？」

「す、すぐにお持ちいたします！」

どこにあるのかという質問をすぐに持って来いという意味にはき違えたのか、メイドたちはどこかへ走って行った。

すぐさま自分の姿を確認したかったため、それを止めることはしなかった。

一体なぜ、俺の姿がエルヒン・エイントリアンに見えるのかを。

「それと、地図！　この国の地図なんかは？」

「地図？　もちろんありますとも。少々お待ちください」

侍従長も即答してどこかに消えた。動きがとても機敏《きびん》だった。まあ、俺をご主人様と呼んでいるし、それは当然のことか。

俺はひとまず寝室に戻り、ベッドに腰かけた。

唖然《あぜん》としたが、明らかに自分がやっていたゲームの世界に入りこんでいるようだ。

やがて、メイドたちが戻ってきた。ふたりがかりで抱えるようにして全身鏡を持ち、おどおどしながら相変わらず怯えた表情をしている。

しかし、今は彼女たちの恐怖心を和らげている余裕はない。

俺は鏡を見つめた。

衝撃の事実に体が固まってしまった。言葉が出てこない。困惑を隠せなかった。

鏡に映る自分の姿。俺ではない。

それは、ゲーム内のグラフィックスだったエルヒン・エイントリアンのイラストと酷《こく》似《じ》していた。高身長で痩せ型だが肉体美を誇る体つき。そして、高い鼻。銀髪が鋭い目つきによく似合った美男子。

イラストが実写化されたような感じで、俺は間違いなくエルヒン・エイントリアンの姿をしていた。

「これが俺だと……？」

「ご主人様？」

「ひとりにしてもらいたい」

「かっ、かしこまりました！」

メイドたちはその言葉に素直に従い、あたふたと引き下がった。間もなくして侍従長が大きな地図を手にして戻ってきた。

「ご主人様、地図をお持ちし……」

ひとりになりたかった俺は侍従長の言葉を遮った。

「そこに置いて。あとは、俺が呼ぶまでは誰も部屋に入らないように」

「承知いたしました」

侍従長もまた、メイドたちと同じ反応をしてあたふたと消えた。寝室の大きな扉が閉まって再び俺はひとりになった。

俺は25歳。趣味はゲーム。

気がつくと俺はゲームに出てきた風景の中にいて。さらにはゲームの登場人物のひとりになっている。

信じられないし、信じたくもないが、この状況はどう見てもゲームの中だった。

まさか、『栄光』に挑戦する機会って、こういうことだったのか？

このゲームの開発者は神だとでもいうのか？

そうでなければ、現実には絶対にありえない状況だった。ゲーム開発者が全知全能の神でもなければ。

目の前に広がるのは2Dや3Dグラフィックスで動くゲームの中ではなく、ゲームの設定が適用されたリアルの世界だから、なおさら。

侍従長の表情や行動、メイドたちの怯えた様子。

全てが実際に生きている人間そのものだった。

これが栄光だと？　ゲームが現実になったこの状況が？

これが普通のゲームなら、ゲーム好きの俺としては喜ばずにはいられなかったかもしれない。本当の現実にそれほど愛着があるわけでもないから。

だが、問題がある。このゲームは戦争を題材としている。つまり、戦乱の時代を生き抜く、命懸けののゲームということだ。

頭が痛くなってきた。いや、とっくに痛みは出ていたが、その頭痛がピークに達した。

俺は頭を掻きむしりながら、侍従長が置いて行った地図を広げた。

地図上の地名、そして国名は、やはりゲームの中の設定のままだ。

「待てよ、ってことは……！」

一番大きな問題に気づいた。これがゲームの中の設定で俺がエルヒン・エイントリアンならば起きる最大の問題に。

エルヒン・エイントリアンは主人公ではない。主人公どころか、ゲーム開始直後に死んでしまう人物だ。脇役ですらない。

よりによって、俺がそのエルヒン・エイントリアンだと？

このゲームは、古代エイントリアン王国に起きた数百年前の内戦により、まるで戦国時代のように分裂した国々が統一されるまでの物語が込められている。

エイントリアン地方は、ゲームにおける最も重要な地域のひとつで、占領しようとする勢力による争いが頻発する地域である。何よりも、ゲーム開始時の設定でエルヒン・エイントリアン、つまり、まさに今の俺は隣国ナルヤ王国の奇襲攻撃により真っ先に死ぬ設定だった。

それは、ゲーム開始を知らせる死だった。

ゲームの設定では、数百年間続いた戦争を経て共倒れを懸念《けねん》した各国の王が休戦協定を結んだことにより約二十年間の平和が訪れる。

その平和に慣れだした頃、ナルヤ王国の野心に満ちた若い王が戦争を起こす。その戦乱の緒戦《しょせん》で、生贄となるのがエルヒン・エイントリアンだった。

さらにエルヒン・エイントリアンは悪徳領主だ。酒に歌舞《かぶ》、女遊びといった贅沢《ぜいたく》好きで罪のない人間を平気で殺す、そんな人物だった。

侍従長とメイドたちが俺の行動にいちいち怯えているのはまさにそのせいだろう。

だが、なぜよりによってあの多くの登場人物の中で俺は開始早々死ぬ奴なんだよ？

もし、俺がこの世界で死んだら？

現実でも死ぬのか？　それともいつもの日常に戻れるのか？

それが一番大きな問題だ。

いや、本当に死ぬ確率の方が高いだろう。この世界でも痛みを感じるわけだから。

それなら、命を粗末に扱うことは絶対にできない。

これが死と関係ないのであれば、痛みを感じるはずがない。

頬をたたいたり、つねった時に感じる痛みは本物だ。

そうなると、本当に死ぬのかもしれない。

神が介入したとなれば、なおさら？

だが、それは俺の魂が彼らの作ったゲームの世界に転移したとすればの話。

はぁ……。

頭痛ばかりが酷くなっていった。本当に気が狂いそうだ。

つまり、死ぬ運命から抜け出さなければならないということだが。

……ひょっとして、システムが使えるのか？

ゲームの世界では主人公だけが使えたシステム、レベルアップ。

このゲームでは、ＮＰＣにはレベルアップシステムがなかった。

現実となったゲームの世界だが、プレイヤーの俺だけがシステムを使えるとしたら？

それなら少しは期待ができる。そう、システムさえあれば！

プレイヤーにはレベルがある。主人公は、他の人物にはないこのレベルシステムによって飛躍的な成長が可能となるのだ。

システムさえあれば生き残れるかもしれない！

少しは頭痛を和《やわ》らげてくれそうな、そんな推測をすぐに確かめるために、俺は頭の中でシステムを探した。

システム。システム。

まあ、使い方はよく知らない。

もし本当にあったらどう使おうか。

普通ならゲームパッドを操作すればいい話だが、今俺の手にそのパッドはない。

ならば、ステータスか……？

ゲームの特典ならあって当然だろ！

ステータスを！

［長谷川《はせがわ》龍一《りゅういち》／エルヒン・エイントリアン］
［年齢：25歳］
［Lv：1］
［ステータス］
［スキル：情報確認］
［アイテム］

そのように心の中で叫ぶと、驚くことに本当にステータスが現れた。

システムウィンドウを見た瞬間、古い友人と再会を果たしたかのように、涙が込み上げてきそうな感情が生まれた。

それほど嬉しかった。

さらには、画面の中のシステムウィンドウと同じような姿をしていた。

いや、まったく同じだった。

紛れもなく俺の知るシステムウィンドウだ。

俺はすかさず［ステータス］へと指を動かした。

［武力：58］
［知力：？？］
［指揮：？？］
［所属：エイントリアン領主］
［所属内の民心《みんしん》：10］

すると、俺のステータスが表示された。やはりゲームと同じだ。

おかげでエルヒンの能力値を確認することができた。

エルヒンの初期武力は58だった。暴君であるとはいえ領主だ。上位貴族の出身ともあって、子供の頃から剣術を習っていたのだろう、一般兵士よりは上位の武力だった。

民心は10。

領主としての民心は兵士、家臣《かしん》、領民をすべて含めたもの。つまり、最悪ということ。

悪徳領主として有名なのだから、当然といえば当然のこと。

システムがあるのならレベルは上がるはず。レベルアップする度《たび》に与えられるポイントで武力やアイテム、そしてスキルを購入すれば、思うがままにレベルアップが可能だ。

システムがあれば、俺のレベルだけが上がって俺だけがみるみる強くなれる。

それは、エルヒン・エイントリアンとして始まった今も同じに思えた。

ゲームの設定のままだ！
知力と指揮は実績が数値に現れる。知力は戦争で優れた戦略を用いるほど、それ相応《そうおう》のランク付けがされる。指揮は兵士や家臣を率《ひき》いる力を数値で表した能力値だが、数値が高いほど兵士や家臣が従順になる。武力が高くても兵士を統率《とうそつ》する指揮が低ければ半人前というわけだ。
他の人物なら知力と指揮の部分が正常に表示されるのではないだろうか？
確か画面の中のゲームではそうだった。
それを確かめるために部屋の扉を開けた。
扉の外ではメイドが常時待機している。おそらく領主の雑用係なのだろう。
俺は迷わず基本スキルの［情報確認］を使った。
Ｌｖ．１だから、まだ他のスキルはない。
今は［情報確認］が唯一のスキルだが、このスキルはかなり有用なスキルでもあった。
［ガエン］
［年齢：１８歳］
［武力：５］
［知力：３１］
［指揮：１０］

［所属：エイントリアン領主城のメイド］
［所属内の民心：５０］

［情報確認］を使うと、こうしてその人物の能力値が表示される。

やはり、俺がやっていたゲームと同じだ。

「プッハッハッハッハ。クッハッハッハッハッハ！」

そういうことか。田舎町の主人公が出世するというような王道ストーリーではなく、悪徳領主から始めてシステムを駆使《くし》しながらゲームを攻略する。

それが、栄光に挑戦する機会ってことだろ？　その栄光というものが何かはまったく見当がつかないが。

「ご、ご主人様……？」

メイドは狂ったように笑う俺を見ながらぶるぶる震え出した。メイドの目には俺が頭のおかしいやつに見えているだろう。平気で人を殺す領主だからなおさら。

「気にするでない」

違和感を与えないよう領主らしい口調で返答し、扉を閉めて寝室へと戻ってきた。

そうだ。もうひとつ確認することがあった。

俺はすぐにまた扉を開けた。訊き忘れたことを訊くために。

額《ひたい》の汗を拭《ぬぐ》っていたメイドは再び現れた俺を見るなりまたもや体を硬直させた。

そんな反応を見ると、本当にエルヒンの悪名というものに実感が湧《わ》く。

どれだけの悪行を働いていれば、あれほどにも人が怯えるというのか。

「今日は何日だろうか？」

「きょ、今日ですか？」

「そうだ」

「2月1日です！」

「2月1日？」

「はっ、はい！」

「年は？」

「えーっと、ルナン王国暦２０２年です！」

「そうか。ありがとう」

「え……？」

ありがとうという言葉が意外だったのか、戸惑った表情をするメイドを後に部屋に戻った。俺は部屋の扉を閉めるなり床に座り込んでしまった。

日付を聞いて開いた口が塞がらなかった。

王国暦２０２年2月1日だと？

それなら、まさに明日だ！

ナルヤ王国軍の攻撃によりエイントリアンの領地が踏みにじられ、領主が斬首《ざんしゅ》されるのがまさに明日！

戦備を整える時間はなかった。

領主の悪名を返上し、兵士を育て、レベルを上げて。そんなふうに生存率を上げておいても生き残れる保証はないのに、それが明日だと？

本当についてない！　最悪だ！　くそっ！　くそっ！

どうしたら、生き残れる……？

生き残ってこそ、攻略を楽しむなりその栄光とやらを享受《きょうじゅ》するなりできるものだろ。仕方なく神の策略にはまってあげるとすればの話だが。

方法を考えよう。

このゲームは、戦争で独自の戦略を試せるとして人気を博した。そしてソロプレイではあるものの、戦闘で得たスコアによって全世界のプレイヤーがランク付けされる。

そう、ゲームセンターでもスコアによってランキングが作成されるように。

とにかくそんなゲームの1位がまさに俺だった。

だから、1位に見合う戦略を考えなければ！

生き残る方法を考えなければならない。

楽しむ以前に一番重要なのは、死なないことだから。

では、戦略を練ろう。

俺は広げた地図に再び視線を戻した。

エルヒン・エイントリアンが死ぬ戦争の始まりについては、ゲーム開始時に出てきた数行のプロローグが全てだった。

ナルヤ王国軍が侵攻してエルヒンが斬首されたということは知っているが、戦争に関する詳しいストーリーはまったく知らない。

俺が知るのはエルヒンではなく本来の主人公の視点だから。

それに、実際にエルヒンが生き残ればストーリーも完全に変わるだろうから、今俺が知っていることは意味がなくなるはず。

それでも、数行のプロローグを知っていること自体が大きな特権だ。

敵がわかれば対策を練ることができるから。


プロローグを思い出そう。

記憶によると、確かナルヤ王国軍は西と北の二方向からルナン王国に侵攻する。

本当の主力部隊はルナン王国の北方から登場することになる。

エイントリアン領はルナン王国の西の国境だ。

つまり、ここへの進軍は囮《おとり》だった。

ナルヤ王国はまずエイントリアン領地に先鋒隊《せんぽうたい》を送る。そして、エイントリアン領地が侵略《しんりやく》されて西にハナン軍の耳目《じもく》が集まった隙《すき》に主力部隊が北の国境から侵攻する。

これは、北の国境がルナン王国の首都とかなり近いために使われた戦略だった。

実際、ルナン王国はこの戦略にやられている。

エイントリアン地方が特に何の対応もできぬまま陥落すると、当惑《とうわく》したルナン王国では慌てて戦争を準備し、周辺の領地では西に兵力を集中させる。完全に影を潜《ひそ》めて移動していた本当の主力部隊が北に出現するとも知らずに。

この戦いでナルヤ王国は、ルナン王国の情報収集能力がどれほど拙《つたな》いものか、そして隠密に主力部隊を北へ送ったナルヤ王国の戦略がいかに優れているかも見せつけた。

あの多くの主力部隊をまったく気づかれずに北まで移動させたのだから。

こういった差が生まれたのは、エルヒンだけでなくルナンの国王も暴政《ぼうせい》を敷《し》く腐敗《ふはい》した王だったからだ。

だが、ここに俺の生き残る道がある。

つまり本当の戦争は北で起こるため、耳目を集めようとするこの囮部隊さえ撃退すれば息をつく時間ができるという意味。そう、レベルを上げて戦いに備えるための時間が。

明日の戦争で生き残れば未来は開ける。

それだけは確かだった。

＊

問題は生き残る方法。つまり戦略だ。

いくつか考えはある。

最も重要なのはナルヤ王国軍が俺という存在をまったく知らないという点。つまり、彼らは俺が奇襲攻撃について知っているという事実を知らないということ。

これを最大限利用しなければならない。

ただ、心配なのは我がエイントリアン領地軍の現状。

領主がこんな調子なのだから、その下の軍隊がまともなはずがない。

実際にゲーム内の歴史でも何の反抗もできずに敗北していたから、酷い状態のはず。

まずは我が軍の現状を把握することが先だ。

自分を知ることは敵を知ること以上に大事だ。それが兵法の基礎でもある。

ひとまず、俺は侍従長を呼んで言った。

「侍従長。これから兵営《へいえい》に向かう」

「兵営ですか？　何かご用でしたら指揮官をお呼びしますが」

「いいや、俺が直接行こう」

「では、すぐに馬車を用意します」

侍従長は慌ただしく外へ飛び出して行った。

領主の悪評はこんな時に大いに役立つ。失言をして命を落とした者が何人もいるようだ。気になることがあっても訊かない雰囲気。俺が何をしようとしているのかを一々説明していられる状況でもないため、その点はかなり助かった。

やがて侍従長が戻ってきた。彼の後について行くと領主城の外に馬車が用意されていた。屋根付きの豪華《ごうか》な馬車だ。興味深かったがそれを表情には出さずに馬車に乗り込んだ。馬車の中はそれほど広くはなかった。４人乗りくらいだろう。自動車の前後の座席をつなげた広さとでもいおうか。

侍従長は自ら馬車を走らせるつもりか中には入って来なかった。俺はひとり心おきなく馬車の中を見回した。

すぐに馬車が動き出す。ガタンッという音と共に体が浮く感じがした。乗り心地は最悪。すぐに乗り物酔《ものよ》いをしてしまうレベル。

おえっ。

ガタガタ揺れる度に吐きそうになった。酷い揺れだ。やはり自動車とは比べ物にならない。まあ、技術力の差は大きい。

必死に吐き気をこらえてシートにもたれていると、間もなく馬車が止まった。

「ご主人様。到着いたしました」

俺はすぐに外へ飛び出した。車外の風にあたると少し吐き気がおさまった。これは、慣れるまで大変そうだ。軽く深呼吸をして周囲を見回す。

木造の兵舎が目に留まった。俺が知る限り、このゲームでは都市にある兵営は都市の治安を担当する。さらに、領地軍の指揮部がある場所でもあった。おそらくエイントリアンも同じはず。

俺はひとまずスキルで情報を確認した。

［エイントリアン領兵営］

［兵力：１２００人］

［士気《しき》：２０］

情報を見た俺は思わず頭を抱えた。

そして、思わず失笑《しっしょう》を漏らした。兵力の士気がたったの２０だ。最大値が１００だから２０という数値はほとんど最低に近い。

さすが悪徳領主エルヒンの軍隊。だから何の抵抗もできずに囮部隊に全滅するんだ。

兵力はエイントリアン全軍ではなく、都市の守備を担当している兵力の数を表したものである。多くもなく少なくもなく程よい数字だ。

ここ以外にもエイントリアン領地の各地に兵営は存在する。都市は領主城がある領地の中心部で、その周りに農業を営《いとな》む広い領土がある。まあ、農耕社会の時代だから。

他の兵営の士気もこれより高そうには思えない。俺はその現実にめまいがしそうになるのを何とかこらえて兵営の中へと入って行った。練兵場《れんぺいじょう》では兵士たちがあちこちに集まっていた。訓練中かと思いきやすぐにそれが浅はかな考えであることに気づいた。

兵士たちは練兵場のあちこちで賭場《とば》を開いていたのだ。簡単な双六《すごろく》からカードの類いまで、あらゆる種類の賭博が行われていた。

一瞬、俺は目を疑った。これが本当に兵営だというのか？

それも領主が練兵場に入ってきたというのに警備兵の姿もなく誰も気づいていない。慌てて身を乗り出そうとする侍従長を制して、俺はサイコロを投げようとする兵士の襟《えり》首《くび》を摑《つか》んで思いっきり引き寄せた。

「何だ、てめぇ！」

引っ張られた兵士はサイコロを持ったまま激怒して振り向いた。そして俺と目が合う。

「ヒェエエエエッ！　りょ、領主様！　申し訳ありませんっ。い、いつお見えに……！」

彼は一目で俺に気づくとすぐさま地べたにひれ伏す。領主の悪名は兵士たちの間でも効果覿面《こうかてきめん》だ。

「もういい。それより、今すぐ指揮官を呼んできてくれ」

「か、かしこまりました！　うわああああっ！」

兵士はすぐに立ち上がり叫びながら走って行った。彼がそんなふうに絶叫《ぜっきょう》したおかげで、周囲の兵士も俺に気づいて驚愕《きょうがく》して全員立ち上がり気をつけの姿勢をとった。

ここまでくると、領主そのものがほとんど災害レベルなのでは？

まあ、今重要なのは指揮官だ。俺は練兵場の中央にある建物、すなわち軍の指揮部へと足を運んだ。先ほどの兵士が駆けこんで行った場所でもある。

「おい、こんなに盛り上がってるってのに何なんだ」

「その……。領主様が……領主様がお見えになられました！」

指揮官たちも集まってポーカーをしていた。こっちでは外の賭博とは桁違《けたちが》いの大金が積まれている。指揮官がこんな調子だから兵士たちも朝から賭博に耽《ふけ》っているわけだ。

本当に未来がない。

「閣下《かっか》がお見えになられただと？　……ハッ！　閣下！」

その指揮官と思《おぼ》しき男は俺に気づくと兵士を押しのけて駆け寄ってきた。一緒に賭博をしていた階級の高そうな軍人たちも、俺を見るなり立ち上がって姿勢を正す。

そして、閣下。

これは公爵《こうしゃく》から伯爵《はくしゃく》までの高位貴族の呼び方だ。この呼び方は貴族同士で使われる呼称でもあった。平民は領主と呼び、閣下とは呼べない。エルヒン・エイントリアンは領地を持つ高位貴族だ。そう、今の俺はなんと伯爵だった。

そして、軍の指揮官ともなればこっちも貴族。もちろん下位貴族だが。おそらく男爵《だんしゃく》くらいだろう。それに、エイントリアン家の家臣でもある。

[バーク・ゴードン]

[爵位《しゃくい》：男爵]

[年齢：38歳]

［武力：３３］
［知力：２３］
［指揮：２０］
［所属：エイントリアン領地軍の指揮官］
［所属内の民心：１０］

情報を確かめた。やはり思った通りだ。まさに無能そのもの。指揮官のくせに武力数値が一般の兵士よりも低い。貴族だから指揮官になった、まあそんなところだろう。だが、家臣に無能な貴族を雇うことはあっても、軍の指揮官につかせていただと？

いくら元のエルヒンが無能だとはいえ、これは酷い。

「朝から何かご用で？　へへッ」

俺の元に歩み寄ってきたバークは両手のひらを擦《す》り合《あ》わせながら笑い出した。それを見てわかった。エルヒンは親しさから彼を指揮官に任命したようだ。軍を荒らそうと気にも留めず、親しい家臣を取り立てたという感じか。

そして、エルヒンと親しいということ。それは言うまでもなくクズという証拠だ。

「外の賭博は君の指示か？」

「はい、もちろんです。閣下がお許しくださったことですから。賭博をする者は私に賭博税を納める義務がありますので。ハハハッ」

賭博税？　ばかばかしい。俺は首を横に振って侍従長の耳もとで囁《ささや》いた。

「侍従長」

「はい、ご主人様」

「あの者がずっと軍の指揮官を？」

「いえ。前領主の時は別の者が……」

「俺が変えたのか？」

「はい。さ、左様《さよう》でございます」

そういうことか。

前領主。つまり、エルヒンの父親は数年前に病死した。

エルヒンは家督を継いでまだ間もない。自分を制御していた父親が死ぬなり、彼は水を得た魚のようにあらゆる悪行を働くようになったらしい。

「では、前指揮官は今どこに？」

「……はい？」

「前指揮官はどこにいるのかと訊いているんだ」

エルヒンが交代させたのなら、少なくとも目の前の男よりは優秀な人物だろう。

暗君が忠臣《ちゅうしん》を遠ざけようとするのは不変の真理だろ？

「ハディン男爵は牢獄《ろうごく》に監禁《かんきん》されています」

「ほう、そうか」

幸いにも、死んではいないようだ。貴族だからか？　まあ、そこはよかった。指揮官に相応《ふさわ》しい人物を一日で探し出すのは大変だが、有力候補がいるともなれば話は別だ。

もちろん、その候補者をよく調べた上で決めることだが。

「つまり、君が訓練時間に賭博をさせたんだな？」

「そそ、そうですが？」

俺と侍従長のひそひそ話は聞こえていないだろうが、何だか雰囲気が怪しいことに気づいたのかバークは怪訝《けげん》な表情になった。

「すぐに指揮官バークを牢獄にぶち込め！　軍の綱紀《こうき》を乱した罪を問う！」

彼の目の前で俺は厳命を下した。バークは驚きのあまり飛び跳ねる。

「かっ、閣下！　どういうことですか⁉　……エルヒン閣下！　私はゴードンですぞ！」

だからどうしたっていうんだ。答える必要もない。

これ以上相手にする価値もない男だった。

＊

牢獄は殺伐《さつばつ》としていた。

地下に造られていて、辛《かろ》うじてろうそくの薄明かりだけが灯されている。長いこと監禁されたりなんかしたら、本当に精神を病んでしまいそうなところだった。

「おいっ、放せ！　閣下！　閣下ぁぁぁあ！　どうしてこんなことを！　閣下っっ！」

牢獄にぶち込まれて騒ぎ立てるゴードンを無視して前指揮官のもとへ向かった。軍の指揮官が監禁されるという事態に緊張が走ったのか、牢獄の看守長《かんしゅちょう》はロボットのような動きで俺を案内した。

「こ、こちらに……ハディン男爵が監禁されています！」

背筋を伸ばし姿勢を正して声を張る看守長。

「大声を出さなくていい。黙って牢獄の扉を開けてくれ」

俺のその言葉に看守長は慌てて両手で口を塞ぐ。そして、へいこらしながら牢獄の扉を開けて後ろに下がった。

牢獄の中に入ると、壁にもたれて座り込むひとりの男の姿が見えた。憔悴《しょうすい》している。

「閣下……？」

すぐに［情報確認］を使った。

明日の戦いに命がかかっている俺は切実な思いで情報を確認した。

［ハディン・メルヤ］
［年齢：45歳］
［武力：60］

［知力：５７］
［指揮：７０］
［所属：現所属なし］
［所属内の民心：７５］

へぇ。まあ、この程度なら悪くはない。バークの能力値を見た後だからか、この能力値を見たら目が浄化されたような気がした。

兵士の平均武力は３０から４０ほどである。

６０という武力はそれほど大した数値ではないが、衰退《すいたい》しきったエイントリアン領地軍に指揮ができるまともな人材がいるということだけでも少しほっとした。

このゲームで数値が９０を超えるA級の能力値を持つ者は珍しい。１００以上のS級ともなればかなり貴重だ。

それに、どのみち重要なのは指揮の数値。すぐに必要なのは烏合の衆と化した部隊を率いる指揮官なのだが、指揮が７０ともなれば申し分なかった。

「閣下！　こんなところまで、何かご用で……」

「ハディン男爵。君、実戦の経験は？」

俺は彼の言葉を遮った。今は俺につくよう説得などしている時間はない。だから、このまま領主の権限で任命した方が早い。この人材を完全に掌握するのは明日の戦争で生き残ってからでも十分だ。

「実戦ですか？　もちろんです。二十年前は規模の大小を問わず戦闘が頻発《ひんぱつ》していましたし、私はその時も軍にいましたが……」

そうか。確かに、今の彼が45歳だから二十年前とはいえ当時は25歳だ。貴族であっても、下位貴族は軍に奉職《ほうしょく》する場合も多いため、ある意味当然なことではあった。

「よし、ハディン男爵。今から君をエイントリアン領地軍の指揮官に復帰させる！」

「え……？　かかか、閣下！　それは本当ですか？」

「君が復帰してまずやるべきことは、国境の警戒兵を除くエイントリアンの全兵力を城郭の西門前に召集することだ」

驚きのあまり思考が止まってしまったのか、目を瞬かせるだけのハディンにそう命令して、俺は牢獄から出てきた。

領主の命令は絶対だ。

身分制社会における身分の違いは絶対的。

そして俺は高位貴族の伯爵。

下剋上《げこくじょう》や反乱を起こしたところで、王国全域で犯罪者として追われる。

領主に抗命《こうめい》する存在はいないと言っても過言ではない時代というわけだ。

だから、その権限も悪名も最大限利用して生き残れるよう戦略を練る。

必ず生き残るために。

＊

赤銅色の肌をした男が兵士を投げ倒す。

「さあ、次！　次だ！」

その男は次々に兵士を投げ倒していく。兵士たちの表情が歪《ゆが》む。

「隊長、もうやめましょうよ。他じゃ誰もやってない訓練を何で俺たちばかり……」

「なんだと？　無駄口たたいてないでかかってきやがれ！」

十人隊長のベンテは人差し指をクイクイッと曲げて、哀訴《あいそ》する兵士に合図した。彼の顔は笑っているが、目をつけられた兵士は今にも泣きだしそうな顔だ。すぐにベンテが兵士の首に腕を回して絞めつける。

「うっ、ううっ……。隊長、降参……降参です……」

「その言葉は口にするなと言ったはずだ」

「みんなのんびり休んでいるのに何でいつも俺たちだけ……。あっちでは賭場も開かれてるっていうのに……」

「ふざけるな。俺たちだけでも訓練はする。今は訓練時間だろ？　俺が間違ってるか？」

「それはそうですが……」

ベンテが問い詰めると兵士はまた泣き面を見せた。すると、ベンテはにやりと笑う。

仕方なく兵士たちはひとりずつベンテに立ち向かって行った。そして、投げ倒される。

ベンテの部下たちはみんな多かれ少なかれ彼に恩があった。それに普段からベンテを実の兄のように慕《した》っていることもあり、兵士たちは愚痴《ぐち》をこぼしながらも訓練に臨《のぞ》んだ。

「俺はな、賭場だのなんだのそんなものに興味はねぇ。兵士だから訓練をするだけだ。領地を守る兵士ともあろうものが、毎日街に出ては貴族の命令という名目の下に同じ領民の金を巻き上げるなんて、とんでもねぇ話だろ？　いいか、だから俺たちは訓練で思いっきり転がり倒して、夜は一杯やって！　そうやって生きて行くんだ！　それが人生ってもんだろ！　おい、おめぇら！　人が話してるってのにどこ見てんだ！」

兵士たちは目を大きく開き、首を横に振りながら遠くを指さす。

「あれ、ガーネ副官では？」

「てめー、殴られてぇのか？　そんな嘘には騙されねぇよ」

「本当なのに……」

ようやくベンテは兵士たちが指さす方を振り向いた。そこには、直属の上官となるガーネ副官がこっちに向かって歩いていた。ベンテが訓練方針などあらゆることに不満を抱いていることから、ふたりは最悪の仲だった。

おかげで今日もベンテの眉間《みけん》にはおのずとしわが寄っていた。だが、無視はできないため、ベンテはつかつかと大股で歩き勢いよく副官の元に向かった。

「いつも外には出られない方が、何のご用で？」

「集合だ。お遊びはそこまでにして、すぐ移動するように」

今日はどんな因縁をつけようかと頭を働かせていたベンテの首が傾いた。

「何ですと？　訓練時間に訓練もさせずに集合だなんて。これだから、兵士たちは力不足でまともに戦えもしないんです。この間も……」

「黙れ。前指揮官のハディン男爵が復帰されて、領地の全兵力は西門前に集合するよう命令が下った。さっさと動け！」

いつも兵舎から出てこずに白肌を誇るガーネ副官がベンテの言葉を遮《さえぎ》ってそう叫んだ。

ベンテは兵士たちに視線を戻す。

「どういうことだ？　前指揮官？　何か知ってるやつはいるか？」

目をつけられた兵士は互いに顔を見合わせるだけだった。

＊

城郭都市の西門前。

西門は国境の方に作られた都市の正門だ。

この城郭は都市と領主城を守る最終防衛ラインでもあった。

命令を下して全員集めたが、列になるということすらできないのを見ると、これが軍隊だとは到底信じがたいレベルだった。商人たちの会合でもあるまいし見ていられない。

だが、もうこれ以上時間はない。すぐに作戦にとりかからなければ。今から準備すれば何かしら打つ手はあるはずだ。

暗鬱《あんうつ》極まりないが何かせずにはいられない。

兵力は一日で把握できた。全兵力は５２００人。士気は２０だ。

まず最初にやるべきことは人材確認。次に戦闘システムを確かめるための模擬戦闘。そして、すぐに戦略実行だ。

敵が国境を越えて来るのは明日。残りあと約２０時間。罠を仕掛ける時間も考えると、一刻の猶予もない。

人材確認をするために、まずは百人隊長の情報から確認した。

もちろん、完全に期待を裏切られた。

軍の現状からすると最も重要なのは、まともに兵士を動かせるだけの［指揮］だ。百人隊長には百人隊を統率できる指揮力が必要である。そうでなければ、あの百人隊が戦場に投入された時に兵士たちがきちんと指示どおりに動くことすらままならない。

ところが、目の前の現実はやはり惨憺《さんたん》たるものだった。

安心して兵士を任せられる［指揮］を持つ者はひとりもいなかった。

［指揮］３０。４０。２８。

酷い。めちゃくちゃだ。

武力は望まない。武力に優れた兵士がこんなところに埋もれているはずがないから。武力より指揮の方が数値の高い人物が多い、それがこのゲームだ。それなのに、指揮の数値がこの調子では呆れてものも言えない。

　せめてもの救いは、ハディンの昔の部下たちがバークの下にいた百人隊長よりもはるかに優秀な人材であること。そこで、すぐにハディンの昔の部下たちも復帰させた。

彼らを除いては、まったくそうした人材はいなかった。

　正直、もっと人材が必要だ。

今回の作戦を任せるために。

そうはいっても、５２００人もの兵力をすべて確かめるのは非効率的だった。

だから、ひとまず作戦投入に先立って兵士たちに模擬戦闘を実施させるつもりだった。

もしかしたら、本当にもしかしたら、良い人材がいるかもしれないから。使えそうな兵士がいれば登用するつもりだ。

　それに、この模擬戦闘には俺の戦闘練習の目的もあった。

「今から百人隊ごとに模擬戦闘を実施する！　百人隊からそれぞれひとりずつ選び出し、その５２人の中からさらに５人を選び抜く！」

　正直なところ面倒に感じているだろうが、俺の前でそれを口に出す者はいなかった。

　わざと賞金をかけることはしなかった。意味のない模擬戦闘に必死に取り組む兵士。

それこそが俺の望む人材だから。

すぐに組み分けを終えて対決が始まった。あの中から5人が選ばれるまでは黙って見ているつもりだった。

見たところ、さすが揃《そろ》いも揃って酷いありさまだ。意志が弱い。実力を見せつけようという思いのある兵士はいないようだった。

そして約2時間後。ついに5人の兵士が選ばれた。俺は彼らの情報をあえて確認しなかった。

「閣下！　この5人が選ばれました。さっそく対決させますか？」

「いや、その必要はない。彼らは俺が直接確かめる」

俺の武力は58。

この対決で俺に勝つ者がいれば、むしろラッキーだ。

だから、なおさら情報を確認する必要はない。

相変わらず模擬戦闘をやる意味を見いだせていない顔の兵士たちと俺は対決を始めた。

「ひとりずつかかってこい！」

剣を握ると［攻撃《こうげき》］コマンドが現れた。

やはりゲームと同じだ。現実で［攻撃］という大きな文字が目の前に浮かぶと変な感じがするが、むしろ実際の戦闘など無知の俺としては、このシステムがそのまま具現化されていることにかなり救われた。

明日の戦いにおいて俺自身が戦闘システムに慣れておくことは極めて重要だ。

［攻撃］を入力すると俺の武力数値に応じて身体が動く。元の俺では使えもしない剣術が繰り出されて兵士を圧倒した。つまり、俺は［攻撃］を状況に合わせて入力し続けるだけでいい。

もちろん、［スキル］があればもっと強烈な攻撃ができるが、今は［スキル］がない。基本コマンドの［攻撃］がすべてだ。

——キィーン！

俺の剣が兵士の頭を真っぷたつに割る勢いで振り下ろされる。驚いた兵士はとっさに攻撃を受け止めたが、剣は威力に負けてそのまま弾《はじ》き飛《と》ばされてしまった。俺は兵士の顔の前で剣を止めた。戦場であればそのまま一気に振り抜くところだが今は練習だ。

「まっ、参りました！」

がたがた震えながらそのままひれ伏す兵士。

必死に戦おうという気力などまったくないようだった。

「次！」

再び剣と剣が交錯する。この兵士も俺の［攻撃］に圧倒されそのまま弾き飛ばされた。そのまま、すぐに降参する。俺は呆れて地面に転がる兵士を足で蹴《け》とばした。

兵士は苦しそうにのたうち回る。

「全力を尽《つ》くせ！　訓練にも命懸けで取り組むんだ。全員、気が緩《ゆる》んでるぞ。そんな調子で戦場に行ってまともに戦えるのか？」

兵士たちに向かってそのように声を荒げたが、むしろ逆効果のようだ。

対決は続いたが、俺の［攻撃］を受けるなり兵士たちは次々に敗北を宣言した。むしろ俺の言葉に怯えている様子。全員死んだ魚のような目をしている。

ため息ばかりがこぼれた。

そのように4人全員が引き下がり、最後の兵士が前に出てきた。

「次！」

もう期待もしていない。

またしても俺の剣と兵士の剣が交錯《こうさく》した。これまでの兵士たちと同様、［攻撃］の威力によって彼の剣は弾き飛ばされた。

俺は虚《むな》しさから、今度もまた兵士を蹴飛ばそうとした。

あれっ？

しかし、俺の足は見事に空を切った。兵士はそのまま体を丸めて地面を転がると、落とした剣を拾い上げた。見事な身のこなしだ。そして、すぐさま俺に飛びかかってきた。

俺は、もう一度［攻撃］を仕掛けた。兵士の剣は空に向かって高く弾き飛ばされ、はるか遠くの地面に突き刺さってしまった。

だが、これまでの兵士とは違う。顔を見ようとする俺にそんな暇も与えず突進してくる兵士。それを［攻撃］で迎え撃とうとした結果、振りかぶった剣の威力で兵士の腕からは血が飛び散った。

俺は彼を殺さないように［攻撃］を止めた。

ところが。

兵士は俺を倒そうと足を摑んで渾身《こんしん》の力を振り絞る。それも腕からは出血したままだ。

正直、驚いた。

卓越《たくえつ》した実力を持っているわけではない。だが、闘争心が尋常《じんじょう》ではなかった。戦場だったら手足を失っても敵に飛びかかって行きそうな勢いというか。

「そこまで！」

兵士に向かって叫んだ。もしかすると、攻撃された怒りで感情のコントロールができずに飛びかかってきたという可能性もあるから。理性を保てない闘志は必要ない。

しかし、この兵士はそういうわけでもなかった。

「申し訳ありません、領主様！　面目ないです！」

男は俺の腕にしがみついて勇ましく叫ぶ。

そう。これが本物の闘志だ。彼はまさに本物の闘志を持つ男だった。

システムを使っておきながら、俺がこんな本物の男を評価するのもおかしいが、生き残るためにはこういった人材が必要だ。

「君、名前は？」

「ベンテと申します！　領主様！　私のような愚か者と対決してくださり光栄です！」

俺はすぐに［情報］を確認した。

数値が全てではないが、やはり数値は嘘をつかない。

［ベンテ］
［年齢：25歳］
［武力：49］
［知力：38］
［指揮：82］
［所属：エイントリアン領地軍の十人隊長］
［所属内の民心：94］

何だこれ？　指揮が82？　民心が94だと？

目を剝《む》く数値だった。武力は高くないが、［指揮］がなんとB級だ！

A級、S級の武将がレアであることを考えればB級の能力値を持つ人物は重要だ。

「クククク、プッハッハッハッハ！」

俺が急に笑い出すと周りの兵士や隣の侍従長たちまでもが怯えた顔で互いに目を合わせる。悪徳領主が笑うと必然的に何か悪いことが起こるからだろう。

「ベンテ！」

「は、はいっ！」

「君は今日から百人隊長だ！」

領地における領主の人事権は絶対だ。さらに、自分勝手に振る舞う領主の命令に真っ向から反論する者はいなかった。それがいくら破格の昇進だとしても。

＊

戦闘システムもあのゲームと同じだった。あのゲームでは自分の武力値以下の敵の攻撃では死なないようになっていた。この世界で命を保障してくれるのはやはり武力だ。

ひとまず、システムを読み込んで自分のステータスを確認した。やはり、何の変化もなかった。つまり、実戦ではないこのような訓練ではレベルは上がらないということ。この闘いはそれを確認するためのものだったというか。

とにかく俺はベンテを手に入れた。

ハディンは昔の部下を全員復帰させ、ベンテは手駒にしていた十人隊の兵士たちを自分が指揮する百人隊の十人隊長にそれぞれ任命した。

いくら指揮の数値が高くても急な昇進や復帰で軍を掌握《しょうあく》するには時間が必要だ。だから、今までの部下はつけてやらないと。不満を持つ者が出てくるかもしれないが、そんなのは領主の悪名で抑圧すればいい。その都度、平和的な解決をしている時間はない。

もうタイムリミットだ。

余裕がない。

まさに、今からが戦争だ。

俺は集結した兵士の前に立って明日の戦争に備えた戦略を細かく説明した後、指揮官に命令を下した。兵士たちの顔色が変わる。それでも、露骨に不満を漏らす者はいない。これがまさに領主の力だ。

俺の命令に従って、すぐに全軍が慌ただしく動き出した。

兵士たちは全員同じことを思っているだろう。

領主が戦争ごっこを始めたと。

領主は普段からごっこ遊びが好きだった。当然といえば当然の評価だ。

俺はそんな兵士たちの考えを訂正する気はなかった。

今の状況からすると、かえってその方がましかもしれない。本当に敵が攻め込んでくると知ったら兵士たちはむしろ逃亡するだろう。士気が２０しかないのだから。

それなら、遊びと思わせたまま落とし穴を掘らせて待ち伏せまでさせた方が逃げられるより何倍もましだ。

とにかく命令どおり動き出したならそれでいい。

俺が立案した作戦はこうだ。

ナルヤ王国の主力部隊は北方に集結する。それを隠すための囮部隊が、ルナン王国の西の国境となるこのエイントリアンに現れる。

この囮部隊の進路は明白だった。

ナルヤ王国とエイントリアン領地の間には巨大な山脈が立ちはだかっている。

そもそも、内戦が起きてエイントリアンを境に国が分裂した理由も、エイントリアン領地とナルヤ王国の間にあるこの山脈によるものだった。

この山脈は険しく越えるのは極めて難しい。唯一、山と山の間の道には関所が設置されていた。

だから、軍隊が国境を越えるにはこの関所を通るしかない。

ポエニ戦争でアルプス山脈を越えたハンニバル将軍のように険《けわ》しい山を越えるという選択肢もある。もしくは、時間をかけて迂回路《うかいろ》から攻め込んでくるか。

しかし、ゲーム内の歴史にそんな記録はない。ナルヤ王国軍は最も手っ取り早い関所を越えて攻め込んできたはずだ。

囮部隊の目的は耳目を集めること。だから、わざわざ人目を避ける必要はない。それに、エルヒンの無能さはすでにナルヤ王国軍の間にも知れ渡っているはず。

だから当然一番早く攻め込めるこの道に入ってくるだろう。歴史を知っている以上、他に考える必要もない。

この道さえ注視すればいい。

もちろん、普通なら関所で戦いが勃発する。

だが、この関所は前領主時代に地震で崩壊したまま放置されていた。

侍従長から聞いた話では、王国が支援した修繕費《しゅうぜんひ》をエルヒンが懐に入れたらしい。

だが関所が無事でも、むしろ人を配置せずにこの山岳地帯を利用した方が賢い。

兵士たちの士気と訓練度を見ると、いっそ待ち伏せをして遠くから攻撃した方が白兵戦よりもずっとましだ。

だから、関所を越えてエイントリアン領の平地まで抜けるこの山岳地帯で決着をつけるつもりだった。

関所を過ぎてエイントリアン領の平地まではかなり長い狭路《きょうろ》が続く。絶壁の下の狭路は待ち伏せするには絶好の場所となる。

敵がいつどこから来るのかを知っているのにそれを利用しないなんてもってのほかだ。

狭路では待ち伏せを。

そして、狭路から平地に抜ける入口には落とし穴を仕掛ける。

これが今回の戦略の始まりだった。

＊

「これは一体何がしたいんでしょうか？」

兵士たちが穴を掘りながらぼやく。

「まあ、領主のお遊びだろ。戦争ごっこがしたいようだ」

「そんな、戦争を遊びにするなんて」

百人隊長の言葉に理解できないという顔で首を横に振る兵士。

「おいっ、聞こえるだろ！　領主の耳にでも入ったりしたら俺たちは全員終わりだ。領主は命令に逆らうやつが一番嫌いだからな。さっさと真面目に掘れ！」

「はぁ。今日は賭博運が良かったのに、こんなことをするはめになるなんて。どうなってんだよ。くそっ！」

兵士たちは愚痴をこぼしながらも命令に従って落とし穴を掘り進めた。もちろん、本当の戦争が起こるなんて誰ひとり想像もしていなかった。暴君領主の気まぐれなお遊びのひとつにすぎないと思っているだけ。それでもおのずと体が動くのは、いい加減にやって領主を怒らせでもしたら、その場で命がないからだった。

逆らったら殺す。それがエルヒン・エイントリアンという領主だ。

エイントリアンの領民なら誰もが知る事実。

兵士たちは不満を漏らしながらも、せっせと落とし穴を掘るしかなかった。

もちろん、状況が違うところもある。

ベンテの部隊が穴を掘っている現場は他の部隊とはまったく違った。

ベンテはとても単純な男で、そもそも領主の悪名など耳に入ってもいなかった。それどころか、むしろ自分を認めてくれて、百人隊長という大きな権限を与えてくれた領主に感謝していた。だからこそ、彼は全力で兵士たちを督励《とくれい》していた。

いや、率先垂範《そっせんすいはん》して指揮するので忙しかった。

「穴を掘って目の大きい網状に綱を張った上から藁《わら》をかぶせる。いいな？　おい、気をつけろ！　手怪我すんぞ！」

片や領主に対する恐怖。

片や領主に対する忠誠。

心のうちは人それぞれだが、とにかく部隊は忙しく動き出したのだ。

＊

関所を見下ろせる崖《がけ》の上で待ち伏せ作戦を陣頭指揮していたハディンは信じられない光景を目の当たりにした。

本当にナルヤ王国軍が現れたのだ！

兵士たちも動揺を隠せずにいた。みんな領主のお遊びだと思っていたのだから、本当にナルヤ王国軍が攻め込んでくるなんて誰も予想していなかったはず。

もちろん、領主がナルヤ王国軍の攻撃に備えるとは言っていた。ただ、それが現実に起こるなんて誰も信じていなかったのだ。

「本当にナルヤ王国軍の奇襲を知っていたということか？」

ハディンですらお遊びだと思っていた。だが領主が軍に関心を持ったのはいいことだ。だからこそ、この作戦を指揮した。遊びではなく、待ち伏せ訓練として。とにかく訓練の重要性を主張し続けていくことで悪徳領主の考えを変えることができるなら、自分はまた牢獄に連行されてもいいというのがハディンの考えだった。

だが、本当の戦争だと？

訓練が行き届いていない兵士たちは、敵がいない状況でこそ問題なかったが実際に敵を見るなり慌てだした。中には早まって矢を放とうとする兵士もいる。

「指揮官！　これは……。敵の数が多すぎます！」

兵士たちは小声でざわつきながら動揺《どうよう》する。

「全員黙らんか！」

それを見たハディンも驚いたが、すぐに冷静を装い兵士たちを制した。騒ぎ立てたところでいいことなど何ひとつない。実戦経験のあるハディンは、この状況でひとまず平常心を保たなければならないと思った。

百人隊長に復帰した昔の部下にも目配せをしながら、絶壁の下を通過するナルヤ王国軍を監視した。

見れば見るほど冷や汗が流れた。

「指揮官……大丈夫ですか？」

昔の部下で復帰後すぐに副官に就《つ》かせた百人隊長のノースティンが低い声で訊いた。

「心配ない。それはそうと、まさか……？」

二十年前にナルヤ王国軍と戦った記憶がハディンの脳裏に甦《よみがえ》り呆然《ぼうぜん》とした。

「まさか、強槍《きょうそう》のランドール？」

かつて戦場で見た敵が眼下にいた。当時の彼はかなり若かったが、武将という呼称がついても申し分ないほどの武力を誇る人物だった。

「ナルヤ十武将のひとり、あのランドールですか？」

ノースティンが訊き返すと、ハディンは首を縦にうなずいた。

「そうだ。今はそんなふうにも呼ばれている。だとすれば、こいつは困った。この戦争、我われに勝算はないぞ……」

「指揮官……！」

ハディンは、ノースティンの声に理性を取り戻した。

「領主の命令に従って狼煙《のろし》が上がるまで待つ。狼煙が合図だ。それまでは絶対に動くでないぞ！」

ハディンは冷や汗を流しながらも冷静な声で命令を下した。ここまでくると何が何だかまったくわからないが、今思えば単純に領主のお遊びだと思っていたこの待ち伏せは、唯一敵の隙を狙える作戦であるようにも思えた。

ハディンはそうして剣を握りしめる。

敵の軍勢。そして、敵の指揮官。すべてが圧倒的だ。

一方、我が軍の練度は最悪。

さらに、前指揮官バークに追従する連中は領主を前にすると何も言えないくせに裏では反発している。こんな状態では待ち伏せ作戦が成功するとしても、あのランドールを阻止できそうにはなかったが、とにかく国のために少しでも敵軍にダメージを与えなければという思いで頭がいっぱいだった。敵が待ち伏せにまったく気づいていないということがせめてもの救い。

そのように息を殺して待っていたその時、ついに狼煙が上がった。それと同時に移動していた敵軍が動きを止めた。急に止まった敵軍の行進。

「よし、今だ。放て！　ひとりでも多く殺すんだ！」

すかさずハディンがそう叫ぶ。その命令と同時に矢が放たれ、まるで崖崩れでも起きたかのように岩石が転がっていった。

ナルヤ王国軍は矢と岩石の洗礼を受けながら右往左往し始めた。

しかしハディンが憂慮《ゆうりよ》していたことが起こった。バークの下にいた何人かの百人隊長は、敵軍が現れるなり物陰に隠れて何もできずにいたのだ。ただ、がたがた震えるだけ。

そのせいで同時多発攻撃ができずにいた。威力が減った状態。さらに、矢の攻撃に敵が動揺すると理性を失って無鉄砲に命令を下す百人隊長もいた。

「とっ、突撃しろ！　やつらは困惑している」

「いけません！　領主が絶対に直接的な攻撃は控えろと！」

隣にいた十人隊長が止めに入るが、理性を失った百人隊長は聞く耳を持たなかった。

「そんなのは状況によって変わるものだ！　突撃しろ！」

副官が傾斜《けいしゃ》の下に身を躍らせる。兵士たちは仕方なくその後に続いた。

国境を越えて奇襲してきた我が軍の動向に敵はまったく気づいていないと確信していたナルヤ王国軍は、待ち伏せ作戦にまんまと引っかかってダメージを受け始めた。ところが、エイントリアン軍に不協和音が生じたおかげで被害は拡大せずにいた。

＊

数時間前、ナルヤ十武将のひとりランドール・エブハンは退屈な顔で進軍をしていた。

すると案の定、直属の副官ゲタンも退屈そうな顔で不満を漏らす。

「指揮官に主力軍ではなく囮部隊を任せるなんてあんまりですよ」

ゲタンの言葉にランドールは返答しなかった。彼の発言を諌《いさ》めたりもしなかった。

「それより。エイントリアンの領主は嘆《なげ》かわしいやつだとか？」

「はい、指揮官。諜報員によると領地軍もクズ同然です」

「ククククッ。領主のやつ、今頃何も知らずに女どもと戯《たわむ》れているだろうな？」

「恐らく、そんなところかと。ただでさえ普段から酒と女に溺れているようなので」

「俺の槍がそんなクズの血で汚されるなんて堪《たま》らんな。王の命令だから仕方ないが……。よし。早いとこエイントリアンを滅ぼそう。それで俺の偉大さも証明されるはずだ！」

＊

［ナルヤ王国軍：１２２４１人］
［エイントリアン領地軍：４９１４人］

俺は［情報確認］を通じて兵力をスキャンした。こうして兵力の数値を確認できるのもこのゲームの強みだ。それが、このリアルな世界でもそのまま踏襲《とうしゅう》されていた。

しかし、俺の命令どおりに動いてさえいれば、ここまでの被害は受けないはずだった。

それなのに我が軍の数が急に減り始めていた。

［エイントリアン領地軍：４４１４人］

はぁ。恐れていたとおりだ。烏合の衆も同然な連中が俺の命令どおりに完璧に動いてくれるわけがなかった。たった一日で完璧な訓練はできないし仕方がない。

ただ、着実にダメージは与えていた。敵の１万５０００人を超えていた兵力に変化が生じたのは確かだ。

だから、ここまでは作戦どおりだ。

こうなることも考えてはいた。

実は、今回の待ち伏せ作戦には敵の数を減らすことよりも大きな計略を仕込んでいた。通用するかはわからないが、俺は戦争の勝敗をその計略にかけていた。

そのために、敵の先頭が山を抜けて平地に出てきたところで落とし穴にはまった瞬間、狼煙を上げて絶壁の上の待ち伏せ部隊に一斉攻撃を仕掛けさせたのだ。

そうすれば、降り注ぐ矢で敵兵が山岳地帯を簡単に抜け出せない状況が作り出される。

何しろここで勝利を手にできなければ意味がない。敵の総兵力がすっかり集結した状態での守戦《しゅせん》なんかとんでもない。士気２０の何の訓練もできていない軍勢で守勢しても大して持ち堪えられないのが事実。

それなら、むしろ敵の兵力が分散された状況で敵の指揮官を殺すことこそが最善の戦略だった。

だから俺は、待ち伏せ兵４０００人を除く１０００人余りの囮部隊を率いて落とし穴の前に姿を現した。もちろん、ここで戦うつもりはない。敵が待ち伏せ作戦に引っかかったとはいえ、ここで戦うには敵軍の数が圧倒的に多すぎる。

こんな状況で敵の指揮官が本隊と離れて出現したら？　それに越したことはない。敵軍を全滅させられる可能性、そして指揮官を殺せる可能性がぐんと高まる。

1000人の部隊で1000人の敵軍に紛れた指揮官を殺すのと、1000人の部隊で1万人の敵軍に紛れた指揮官を殺すのでは、その難易度が違う。

だから、敵の指揮官を誘引する必要があった。

王や公爵が直接率いる部隊は規模が大きいため例外だが、小規模部隊は指揮官が先頭に立つ、それが兵法の常識だ。

落とし穴にはまったのは敵の騎兵隊《きへいたい》。その騎兵隊の中に指揮官がいるのは確かだった。

そこで、俺は落とし穴の中で陣形を整えている敵の部隊に向かって大声で叫んだ。

「俺の土地を侵略するとはな。ナルヤ王国軍はよく聞け。貴様たちのその愚かさの罪を問う！」

少し離れた場所からそう叫んだ後、俺は指揮官の旗を探した。旗の下のひときわ目立つ鎧《よろい》で武装《ぶそう》したひとりの男が目に留まった。

［ランドール・エブハン］
［年齢：37歳］
［武力：85］
［知力：59］
［指揮：70］

［所属：ナルヤ王国第2軍の先鋒隊の指揮官］
［所属内の民心：62］

「クッハハハハ！　この俺を見くびるとはな。破滅《はめつ》するがいい。動ける騎兵隊は俺の後に続け！」


敵の指揮官、ランドールはうまい具合に俺の挑発に乗ってきた。

奴はゲーム中でもプライドが高いキャラだった。

特に、自分が主力部隊ではなく囮部隊を任されたことに不満を抱いている可能性もある。こんなところでの失敗ともなれば、なおさら許せないだろう。

そんな状態で見くびっていた敵軍から一撃をくらう。普通なら憤《いきどお》りを感じるはず。

瞬間的な憤怒は理性を失わせるもの。特に戦いではなおさら。

問題は、武力がなんと85もあるということ。

有名な武将だ。ある程度予想はしていたが、さすがに85という数値には少し驚いた。

だが、迷っている余裕はない。今は作戦を進めるのが先だ。

「ベンテ！　撤退するぞ！」

俺は指揮官の突撃に対抗してベンテと共に逃げた。逃亡という名の誘引だ。

［ナルヤ王国軍：1221人］

逃げながら［情報確認］をしたところ、およそ１２２１人の騎兵隊が後を追ってきていた。１万人以上の兵力が山岳地帯に足止めされている状況だ。

これほど絶好のチャンスはない。

敵将の武力がもう少し低ければ、今頃勝利の雄叫《おたけ》びをあげていただろう。

「罠を発動させろ！」

我が軍の白兵戦はまったくあてにならないため、誘引してくる場所にも事前に罠を仕掛けておいた。

逃げながら待ち伏せ兵に向かってそう叫ぶと、地面を掘って仕掛けておいた竹槍の罠が発動した。後ろを走っていた騎兵隊の馬がヒヒィイーンという鳴き声を上げながら竹槍に刺されたり罠を避けようとした勢いで転倒したりと、すぐに現場は修羅場《しゅらば》と化した。

「よし、今だ！　一気に矢を浴びせろ！」

ベンテが兵士たちを急き立てながら叫ぶ。そして、自らも弓を手にして向かってくる騎兵隊を数人射抜いたが、それでも気が済まなかったのか、刀を抜いて走って行くと次々に兵士を斬り倒した。

竹槍と矢の雨により突進してくる騎兵隊が急激に減り始めた。

あっという間に我が軍の士気が高まる。

［エイントリアン領地軍：902人］

敵兵は大幅に減ったが、依然《いぜん》として問題は敵の指揮官。

彼はやみくもに槍を振り回しながら突進してきた。矢も竹槍も、彼の槍にことごとく破壊された。

そして、見事な馬術で竹槍の罠を越えてきては我が軍の兵士を次々に斬り倒す。

［エイントリアン領地軍：700人］

さらにあの敵将の周りの敵軍が奮闘《ふんとう》しだしたせいで、我が軍の数が急激に減り始めた。

強かった。

確かに強かった。

あれだけ強い武将ともなれば特有のスキルを持っているに違いない。

だが、現レベルではそういった固有スキルはシステムに表示されない。

俺はそうした強い敵を倒さなくてはいけない。

それが勝利の条件。

よりによって、その条件が武力85の怪物だなんて！

「おい、そこ！　領主はお前か？　死ねーっ！」

　そして、さっき大声で叫んでいた俺を見つけ、そのまま槍を投げつけてきた。彼が投げた槍は何かスキルでも使ったかのように高速回転しながら俺の元に飛んできた。

　確かに、このゲームで27にもなる武力差は絶対的だ。

　戦争で武力にこれだけの差がある武将を倒すには、敵の兵力を圧倒するだけの兵力が必要となる。

　現在の敵兵が700人ほどなら、少なくともその5倍の兵力がなければ優位には立てない。

　このゲームにおける強い武将とは、そのくらいとても重要なポイントなのだ。

　だが、阻止できる。いや、阻止できると思う！

　方法は用意してある。

　けれど、ランドールの槍を阻止したのは死を覚悟して矢面に立ったベンテだった。

「どくんだ、ベンテ！　命令だ！　俺を信じろ！」

　身を挺《てい》して主君を守る。それはもちろん尊敬に値する忠誠心だ。

　しかし、今の状況ではそれが明らかに足枷《あしかせ》となっていた。

　今の俺の武力は酷いありさまだが、ランドール相手に戦える方法はある！

　俺はすぐにアイテムを呼び出した。

　生き残らなければならない戦闘でこうして無謀に躍り出れるのは、ある意味このアイテムのおかげだった。

まさに俺が持つ最高の武器であり保険！

［特典アイテムの大通連《だいとおれん》を使用しますか？］

メッセージが目の前できらめき、俺がうなずいたその瞬間、特典アイテムが発動した。

＊

前日の領主城にて。

兵士たちに落とし穴の設置と待ち伏せを命じた後、俺はひとまず領主城に戻ってきた。ひとつ思い出したことがあるからだ。ある重要なことが頭の中を駆け巡った。

システムは栄光に挑戦する機会を与えると言っていた。

そして、寝て起きたら俺はこんな世界に転移していたのであって。

つまり、まさに今の状況が栄光に挑戦する機会というわけだ。その栄光が何かはわからないが。とにかく今重要なことは、そうなると特典に関するメッセージも本当であるということ。

転移する前日の夜、俺は特典という言葉に惑わされて寝る直前までゲームをしていた。

結局、いくら探してもその特典とやらは見つからなかった。だが、その特典がこの世界に転移してから入手できるものなら、ゲーム内で見当たらないのは当然だった。

確かメッセージには特典は始まりのMAPから探検を通じて獲得せよとあった。自動支給ではないということだ。それなら間違いなくどこかに特典が隠されているはず。

では一体始まりのMAPとはどこのことなんだ？

始まりのMAPだから……。

初めて目を開けた場所？

ほかならぬ領主城の寝室？

寝室に入って部屋中を見回す。くまなく探したが寝室に何かを隠せる空間などなさそうだった。

マップというだけに、寝室に限らず領主城全体のことを意味しているのか？

すぐに俺は領主城のあちこちをすべて探し回った。寝室、書斎《しょさい》、侍従やメイドの居室、キッチンまで全部探した。しかし、特典と呼べるものはどこにも見当たらなかった。

＊

「侍従長、城のどこかに特別な場所はあるか？」

いくら探しても出てこないため、この城を一番よく知る侍従長に訊いてみた。なんとなく、どこか由緒《ゆいしょ》ある場所だとか古い建物、そういった場所に隠されているようにも思えてきたからだ。

「特別な場所ですか……。地下に歴代領主の位牌《いはい》がありますが、古代エイントリアン王国時代のものまであるので特別といえば特別な……」

王国時代の位牌？

確かにそれは特別だ。ぴんときた俺は侍従長の話の途中で走り出した。

「ご主人様？」

遠くで侍従長の声が聞こえたが、俺の頭の中にはもう特典という言葉しかなかった。狂ったように走って地下へ行くと鉄製の大きな扉が目に留まった。その扉を開けて中に入るとそこには広い空間が現れた。その空間には侍従長の話にあったようにたくさんの位牌が保管されていた。領主時代のものだけでなく、エイントリアン一族が王国の主だった時代の位牌までもがすべて並べられている。

「へぇ～」

その位牌を見ていると少し奇妙なものを発見した。並んだ位牌の中央に置かれている細長い箱がひときわ目立っている。どう見ても何か特別な感じがする。俺は迷わず箱に手をかけた。手を触れたその瞬間、光が飛び出すと同時にメッセージが現れた。

[特典を獲得しました。]

[大通連]

［武力＋30］
［効果時間30分。その後5時間のクールタイム。］
［武器スキル：破砕《はさい》／30分に1回使用可能］

大通連？　日本の御伽草子に出てくる神剣じゃないか。

こんなありえない状況を作ったのがゲームの運営だとすれば。運営が神だから、神剣と呼ばれるあの大通連を特典に？

まあ、名前はそうとして、アイテムの能力値は正しく特典そのものだった。

武力が＋30にもなるアイテムなど見たこともない。特S級アイテムでもせいぜい武力＋10といったところだ。

その特S級アイテムすらゲーム内にはひとつしかなかった。

それなのに＋30だと？

思わず笑みがこぼれた。

もちろんクールタイムはある
だが、適宜状況を見ながら使えば、これは明らかにチートだ。

B級をS級にしてくれる武器ということ。

＋30なら現在の自分の武力が58だから一気に88になる。少しレベルアップをしておくだけで90を超えるということ。そしたら、この世界で太刀打ちできない敵はほぼいなくなる！

武力を70までレベルアップするだけで30分間は武力100になれるチート。

それだけ優秀なアイテム。

にやけが止まらない。

正しく攻略を助けてくれる特典だ。まあ、命がけのゲームだし、これくらいの特典はないとな。

＊

ランドールを前にして、俺は［大通連］を装着した。効果時間は30分！

［長谷川龍一／エルヒン・エイントリアン］
［年齢：25歳］
［武力：58＋30（88）］
［知力：？？］
［指揮：？？］

武力数値が跳ね上がる。58の下級武力が一瞬にしてB級最上位に変わった！

俺はベンテを押し退け、なおも飛んでくる敵の槍に向かって［攻撃］コマンドを実行した。大通連を持つ俺の手がひとりでに動いて敵の槍をことごとく振り払っていく。

カァアアアーン！

指先に感じるわずかな痺れ。むしろそれが快感となって伝わってきた。B級超えの敵の攻撃をこうも簡単に阻止できたのだ。

「なにっ？」

ランドールは信じられないという顔で憤慨《ふんがい》して我が軍の兵士をやみくもに蹂躙《じゅうりん》しながら俺に向かって走ってくる。半狂乱の武力85の武将に敵う兵士などエイントリアンにはいない。たとえ十人隊長や百人隊長であっても。

「うああああぁぁあ！　ばっ、化け物だ。助けてくれー！」

ただ槍を投げつけただけなのに、一部の兵士は逃げているところを串刺しにされ死んでしまった。ついには、恐怖のあまり小便を漏らしながら逃げる兵士まで出てきた。

「領主様！　逃げてください！　やつはナルヤの十武将ランドールです！　残忍なやつです、逃げてください！」

その時、罠の向こうからハディン隷下《れいか》の百人隊長が俺に向かって叫ぶ声が聞こえた。どうやらハディンもランドールの存在に気づいた模様だ。やはり、やつはその名声にふさわしい武将だった。それなら、なおさら都合がいい。今こそ、逃げ出す我が軍の脳裏に領主の威容《いよう》を刻み込む時だ。

「十武将だろうが何だろうが、俺が相手する！」

威勢よく叫びながらランドールの元へ馬を走らせた。ランドールの武勇を目の当たりにした全員がそんな俺を無謀だと思っていたその瞬間。俺はついにやつと衝突した。

「卑劣《ひれつ》な手を使うとはな。生意気なやつめ！　即殺なり！　クッハハハハッ！」

ランドールは俺のことを嘲笑《ちょうしょう》しながら思いっきり槍を振り回した。かなり重量がありそうな鉄槍を何のことなく振り回すランドール。大した自信だ。そして、確かに自信相応の実力は兼ね備えていたが、今の俺に敵うはずはなかった。

大通連を握りしめて［攻撃］コマンドを実行すると、ランドールの凄まじい槍と俺の剣が交錯した。

一撃で殺すといわんばかりの勢いで槍を振り回したランドールは、またもやありえないという表情で続けて攻撃を仕掛けてきた。もちろん、俺は［攻撃］コマンドを利用してその攻撃をすべて受け止めた。

白兵戦では武器が長いほど有利だ。だが、武力数値は俺の方が高い。それに俺の武器は超特級だ。その結果、ランドールは少しずつ俺の攻撃に押され始めた。戸惑った様子がそのまま顔にあらわれたランドールは気合を入れて槍を振り下ろした。

「死ね、死ねっ、死ねーっ！　よくも一介の領主などがこの俺を！」

その攻撃もまた［攻撃］コマンドで阻止した。俺が優勢であることは確かだったが、今のところは膠着状態《こうちゃくじょうたい》だった。やつは俺の攻撃に押されていたが、俺も止めを刺せずにいる状況。そうこうしている間に30分の制限時間が過ぎたら俺の命はない。

ならばスキルだ。今の俺には武器スキルがある。大通連を使う時にだけ使える武器の固有スキル。

［破砕］
［振り回した時に触れたものすべてを切り裂く。］
［自分の武力数値に＋5までの敵に限り一撃必殺か気絶を適用できる。］
［30分に1回使用可能］

自分の武力数値に＋5までの敵を一発で殺せるスキルだ。さらに、殺すか気絶させるかを選べる機能までついていた。本来、一撃必殺の類のスキルには敵を殺す機能しかなかったが、この機能が備わったのには理由がある。このゲームの目的は戦争と天下統一だ。そのため、気に入った敵を生け捕りにして登用できるよう、つまり人材登用を楽しむためにゲーマーたちが運営に要求した結果、適用されたのがまさにこの［気絶］機能なのである。

その要求はこの現実の世界でも忠実に反映されていた。

そして、この［破砕］が恐ろしいのは、なんと自分より武力数値が＋5にもなる敵を一撃で殺せるということだった。

もちろん使用できるのは30分間で1回だけ。だから、強い敵がふたりいれば意味がない。だがこのスキルのおかげで戦場を渡り歩くことができる。まさに大きな命綱だ。特典があるから戦争を乗り越えられるわけで。そうでなければ、とっくに死んでいただろう。ククッ。

ランドールの登用は頭にないため、俺は一撃必殺を心に決めて［破砕］を使った。

シュッ！

その瞬間、俺の手がランドールに向かって大通連を投げつけた。飛んでいった大通連は白い閃光と共に敵の槍を粉砕《ふんさい》すると、そのままランドールに突き刺さった。

「なっ、なんだとー！」

戦場での油断。そして慢心はなおさら禁物だ。大通連は強烈な勢いでそのままランドールの頭を貫通してしまった。

「そ、そんなばかな……！」

そして、断末魔《だんまつま》の叫びと共に頭からは血が噴水のように吹き上がった。厳然たる殺人だったが、自分の意思で振り回した剣ではない。［破砕］コマンドが引き起こした殺人とでもいおうか。

それに、ここはゲームが現実になった世界。そして戦場。戦場で殺人を躊躇《ためら》うことはほど愚かなことはない。そう、ただのゲームだと思えばいい！

ランドールの体はすぐに馬から転げ落ちた。ドスンと音を立てながら体が地面に落ちた瞬間、周囲は静けさに包まれた。敵軍はもちろん我が軍までもが、まさかという顔で口を開けたまま戦いを中断してこっちを眺めていた。ランドールがこんなふうに死ぬとは誰も思っていなかっただろう。

まさに今だ！

敵の気勢をへし折れるのは。

敵の士気が完全に下がった今がチャンスだった。

「何をしている！　指揮官は死んだ！　敵軍を片付けろ！」

呆然と我が軍に向かって腹の底から叫ぶと、

うおおおおおおおおーっ！

我が軍の喊声《かんせい》が上がった。

［士気が９０になりました。］

士気が９０に達した我が軍の兵は雄叫びと共に敵兵に向かって突進した。衝撃に包まれた敵軍は指揮官を失って右往左往し、どうしたらいいかわからず退却し始めた。

この退却を待っていた。おとなしく帰らせるつもりはない。

「ベンテ、もう一度狼煙を上げろ。待ち伏せ攻撃、第二弾だ！」

「いよいよですか！　クッハハハハッ！」

ベンテが歓喜の表情で狼煙を上げるために走って行った。間もなく、ベンテの狼煙が空高く上がるのが見えた。ハディンがこの煙を見た瞬間、逃げていた敵軍はさらに混乱に陥るはず。

システムの助けはあったが、現実の戦争で確実に勝機を掴んだ瞬間！

何より最も貴重な戦利品は、今日死ぬはずだった運命を変えて生き残った俺の命。

俺はその事実に興奮し始めた。

ただのグラフィックスからなるゲームとは比べものにもならない緊張感。そして勝った時の興奮。

特典とシステムがあるから天下統一も夢じゃないという、そんな高揚感が俺を満たしていた。

＊

士気も戦列も崩壊した敵軍は山中の狭路で後退を始めたせいでむしろ甚大な被害を受けていた。俺は我が軍に最後まで追撃させた。そんな敵軍が完全に国境を越えて逃げて行く頃には朝になっていた。

俺は兵営への撤収命令を下した。そして、兵士たちに休息を命じてから領主城に戻ったのは正午ごろだった。

俺はメイドたちと侍従長にしばらく起こさないよう命令した後、寝室に入ってさっそくレベルアップを確かめた。

[戦闘で勝利しました。]
[戦闘勝利の経験値を獲得しました。]

[獲得経験値一覧]
[戦略等級C×1]
[3倍の敵軍を相手に勝利×3]
[E級からB級の相手に勝利×4]

戦略等級は戦闘でどれだけ効率的な戦略を実行したかを意味する。それがCだと？これよりも優れた戦略があったのか？

C級ではなくA級。いや、S級を望むゲーマーたちには我慢ならないだろうが、これは俺の命がかかった現実だ。どうせやり直す方法もない。

だから俺は満足だ。

兵力が3倍にもなる敵軍に勝ったこと、そしてランドールを殺したことが今回の経験値のプラス要因になった。

それはつまり、レベルアップに必要な経験値の算定時には、大通連を使っても＋30になった武力ではなく、本来の俺の武力58で計算されるという意味だ。自分より強い相手に勝ってこそ、より多くの経験値を稼げるのがこのゲームの基本ルール。特典のおかげでかなりの経験値を稼げた。

［Lv．2になりました。］

・
・
・

［Lv．8になりました。］

レベルは8まで上がった。

［レベルアップポイントを獲得しました。］
［保有ポイント：700］

レベルアップする度にレベルアップポイントというものが発生する。今回は7レベル分一気にレベルアップしたおかげで、なんと700ポイントも獲得できた。

このポイントはすごく貴重だ。このポイントを使ってやるべきことが山ほどある。

［スキル購入］
［武力強化］
［アイテム強化］

ポイントはこの3つの項目に使うことができる。それだけでなく、購入したスキルの発動にもポイントは必要だ。ポイントがない状態ではスキルがあっても使えない。もちろんこれは一般スキルの場合で、武器に含まれる武器スキルはポイントに関係なく特有の制限がある。

９０から９１へのレベルアップでは高レベルなだけにかなりのポイントが付与されるため、ここまでくればポイントを気にする必要はない。だが、今のように低いレベルのうちは計画を立てて上手にポイントを使わなければならないということ。

今やるべきことは武力の強化。とりあえず、強くなればそれだけ死亡リスクが減る。戦争では強いことが正義だから。

［武力強化］
［武力を強化しますか？　２００ポイントを利用します。］

現在の武力は58。60を超えると強化に必要とされるポイントが増える。だから、武力の強化は口で言うほど簡単ではない。かなりのポイントが必要だ。たったひとつの命。武力は最も重要だから、とにかくこれが最優先事項だった。

頭の中でメッセージを承諾すると、

[武力が59になりました。]

すぐに武力が1アップした。目標は60だから、もう一度強化を行った。

[武力が60になりました。]

合計400ポイントを消費して武力を2アップした。60を超えなければならない理由は簡単だ。武力を60にしておくことで、特典を使った時にちょうど90になる。つまり、A級になるということ。B級とA級ではかなりの差がある。

武力を60まで上げた後、俺は再び[武力強化]を選んだ。

[武力を強化しますか? 300ポイントを利用します。]

消費されるポイントを確かめるためだった。200ポイントから300ポイントに上がっていた。D級になったからだろう。現在残っているのは300ポイント。

うーん、どうしよう……。

武力はとりあえず60を達成したし、スキルを購入してみるか？　スキルも戦場では欠かせないもののひとつ。特殊な能力を発揮できるため、いくつかあれば効果的に使って危険な状況から脱出できる。

もちろん、武器の強化も悪くはない。武器が強いほど死亡リスクは低いから。当然、大通連の強化にはかなりのポイントが消費されそうだが。

［大通連Lv．10／10］

［アイテムを強化しますか？　5000ポイントを利用します。］

念のため確認だけしてみた。笑いしか出てこない。悩むことなく、すぐに［スキル購入］に移動した。この世界の人々はマナという特殊な力を利用してスキルを使う。強い武将であるほど何か特技がある。もちろん、強いだけでスキルがない場合もあるが。俺はマナを使えない。この世界の人間ではないから。だが俺の場合、その代わりシステムでスキルを使用できる。

［攻撃スキル］
［防御スキル］
［特殊スキル］

スキルの種類は3つ。
今必要なのはおそらく攻撃スキルだ。攻撃こそが最大の防御だ。

［攻撃スキルを購入しますか？　200ポイントを利用します。］

スキルを購入すると、すぐにメッセージが更新された。

［スキルを獲得しました。］
［一掃］［Lv．1］
［武力数値0から40までの敵が対象］
［半径2m以内の敵を鏖殺《おうさつ》するスキル］
［1回の使用につき50ポイント消費］

大勢の敵兵をいっぺんに一掃できる基本スキルが生成された。

戦場でとても有用なスキルだ。

消費されるポイントは50ポイント。

ちょうど残り100ポイントあるから、スキルを2回使うことが可能だった。

たった2回では命の保証はない。だから、レベルアップは極めて重要だ。

とにかく、レベルアップできるのはこの世界に俺ひとり。

一気に武力を上げられるのも俺だけだ。

俺がひとり転移したここは、まさにそんな世界だったのだ。

＊

敵軍は退却し、戦闘では勝利を収めた。

生きて帰った敵軍の数は2000人にも及ばず、山道で大勢の兵力を殲滅《せんめつ》できた。

そのすべてを目の前で見守っていたベンテは泥酔《でいすい》状態だった。そんな状態でもグラスを持つ手を止めることなく酒を口に注ぎ込む。もう随分飲んでいて顔は真っ赤だった。

「百人隊長！　もう酒はそのへんに！」

見かねた隣の部下がベンテを止めながら肩を揺さぶった。

「おい、今日みたいな日に飲まないでどーする！　ウハハハハ！」

ろれつの回らない口調で大きく笑ったベンテはさらに酒を暴飲した。ついには、完全に服を脱ぎ捨て暴れ出す。

「やい、おっさん。俺の話を聞いてくれ。領主のやつがみんなやっつけちまった。ナルヤのやつらをな。あんたらの知る今までの領主とは全然違うんだぜ。ナルヤの十武将？　そんなやつは一発で倒したさ！　クッハハハハ！」

ヌードショーを始めたベンテ。彼の部下たちが駆け寄り、身を挺して止めに入った。ベンテのこうした行動がエイントリアンにあらゆる噂を広めた。


——大変なことになるところだったんだって？

——ナルヤのやつらがまた攻め込んできたんだろ？

——領主が1万人以上もの兵士を阻止したらしい。

——俺の息子が実際に戦うところを見たってよ。まさかあの領主がな……。

——俺は1万人じゃなくて5万人って聞いたぜ？

——5000人の兵力で5万人を？


話を盛ったのは主にベンテだった。そのおかげで、領主の活躍はあっという間にエイントリアン中に広まっていった。

遊び好きで家臣と一緒に民衆を苦しめることしかできないと思っていた領主が、敵の侵攻を阻止してくれるような強い人物だったということが。

ナルヤに負ければ都市や領地内の町をすべてナルヤ王国軍に略奪される。男は殺害、女は強姦《ごうかん》。その悪循環をもう幾度となく経験してきた。

たとえ悪徳領主で有名だろうと、敵の侵略を阻止したことが民衆の領主に対する好感度が高まるきっかけとなったのは確かだった。

＊

戦争に勝っただけ。

領地を守り抜いたという強い印象は与えられただろうが他はまだ何も変わらなかった。

相変わらず悪徳領主の名は拭えていない。

今後は領地を育てるにあたって極めて重要な民心に配慮していく必要がある。

そんなことを考えながらベッドに座っていた。

あくびをしようとしたそのとき。

突然、窓が割れた。

それと同時に部屋の中に飛び込んできた侵入者は俺に剣を向けた。

突拍子もないそんな状況に俺は慌てて身をかわしながらシステムを起動して、人物の情報を調べた。

どこからか送り込まれた暗殺者かもしれないと思ったからだ。

［ユラシア・ロゼルン］
［年齢：20歳］
［武力：87］
［知力：57］
［指揮：95］

しかし、俺の予想とはまったく違っていた。侵入者は、金色の髪をした美女。

ユラシア・ロゼルンの名はよく知っていた。ゲームの歴史では英雄と呼ばれた人物。

そんな人物がいきなり俺の寝室に攻め込んでくるなんて。

武力87。指揮95。

ゲーム全体でも指折りの能力値。

そんな意外な人物が俺に剣を向けたまま口を開いた。

「あなたがエルヒン・エイントリアン？」

白々しい質問だった。正確にここを訪ねてきたということからして調査は終えているということだから。

「だとしたら……？」

「それなら、死んでいただきます」

死んでいただく？

それに素直に応じるやつがいるかよ。

「何で俺が死なないといけないんだよ」

「あなたが領民を苦しめる悪徳領主だからです。理由としては十分かと」

悪徳領主か。まあ、それは事実だ。ゲーム上のエルヒン・エイントリアンならば。

だが、俺は違う。

「そもそも根本的に間違ってる。俺は悪徳領主じゃない」

剣が目と鼻の先に迫っていたが俺は平然と肩を聳やかせた。

どのみち彼女の手にかかって死ぬことはない。

彼女の武力は87。ランドールよりも強く大陸でも強者に属する彼女だが、特典を使った俺の方が強い。それに、［破砕］を使えば簡単に気絶させることができた。

「悪党領主じゃないですって？　あれだけ噂になっているのに、自分では気づいていないと？　厚かましいわ」

彼女の眉がぴくりと動いた。

相変わらず冷たい表情。それでも、長い金髪と美しい姿からは高貴さがにじみ出る。息をのむほど魅力的な瞳もその冷たい顔によく似合っていた。

じっと見ていたら惚れてしまいそうな。いや、惚れている場合じゃない。

今はまず剣の脅威から逃れる必要があった。いくら脅威にならないとはいえ、剣が首に触れそうな状態で話を続けるわけにはいかないだろ？

落ち着かせれば話の通じない相手ではないはずだった。

ゲームでは英雄と呼ばれていた存在だから。

俺は右手に大通連を召喚した。念のため臨戦態勢に入る。

「領民を救うために命がけで戦場に立つ悪徳領主なんかいないだろ。エイントリアンにいたなら、あの戦争を見ていないとは言わないよな？」

「あれは、あなた自身の命を守るための戦争だったのでは？」

まあ、そう見ることもできるが。

「でも、何か疑問に感じたんだろ？　そうでなければ、何も話すことなく即座に俺の首を貫いていたと思うが？　侵入者さん」

人物情報だけで性格まで知っているわけではないが、ひとまずそう訊いた。

すぐに殺すつもりなら、侵入するなり剣を突き刺していたはずだ。

何か思うことはあったようで、一歩後ろに下がってそっと唇を噛んだ。

「悪徳領主のくせに見事な戦略でした。あなたの元で学びたいとも思うほどに。ですが、あなたが領民から搾取する領主である以上、あなたから学ぶつもりはありません！」

「待ってくれ！」

誤解ではない誤解を解くために俺は大きな声で叫んだ。

「だから、俺は悪徳領主じゃない！　直接見たのか？　俺が人々から搾取するのを？」

「……あちこちで聞きました。それにナルヤでもあなたの悪名は知られていました」

「それが間違ってるんだよ。正義を論ずるなら直接その目で確かめるべきじゃないか？　そんなふうに先走ると、とんでもない過ちを犯すことになるぞ」

彼女は直接見たのかという俺の言葉に眉をひそめると、

「っ、確かに直接見てはいませんが……」

消え入るような声で口を開いた。

口論の勝機を摑んだと思った俺はそれに大声で反駁《はんばく》した。

「だから見てみろ。直接見ても俺が悪徳領主だったら殺してもいい。そうだな、少なくとも一週間は見守ったらどうだ？　風聞だけじゃなくて直接見て判断すべきだと俺は思う。聞いただけの情報がいつだって正しいわけじゃないだろ？　間違った情報が混ざってることだってあるわけだし」

すぐに［破砕］で気絶させずにこんな提案をしたのは、彼女の能力値とゲームの歴史に登場する彼女の人物像のためだった。

なぜ彼女がここにいるのかはわからない。だがこれは好機だ。

できることなら味方につけたい。

「見守った結果が本当に悪徳領主だったら反抗ぜずにおとなしく首を差し出すよ」

「……もし違ったら？」

「その時はお互い日常に戻ればいいだけじゃないか？　もちろん、誤解したことに関しては誠意ある謝罪をしてもらいたいが」

すぐに俺の部下にはできない。何とか縁を繋ぎとめるために一週間という提案をした。

ひとまずフラグを立てておくのだ。

恋愛ゲームではないが、人材のためのフラグもかなり重要なもの。

そう、今後のために前もって。

「わかりました。あなたの言うことにも一理あるので、見定めさせてもらいます」

彼女はそう宣言すると再び窓から出て行った。部屋には扉があるのに。

しかし、すぐにまた戻ってきた。

やっぱり窓から。

「すみません……。空き部屋はありませんか？」

そして、相変わらずの無表情でそう訊いてくるのだった。

＊

［武力：６０］
［知力：？？］

［指揮：？？］
［所属：エイントリアン領主］
［所属内の民心：４０］

俺はごく普通の人間だ。システムと特典を利用して武力を高めることはできても、体力はそうはいかない。一晩中戦ったせいで体力が尽きた俺はユラシアと別れた後気絶するように眠りにつき、目を覚ました時には一日が過ぎていた。

そしてどういうわけか民心が２０から４０に上昇していた。特に何かした覚えはない。

いや、でも戦争には勝った。いくら悪徳領主という評判の悪さでも、敵軍の侵略を阻止すれば、多少なりとも好評を得られるということか？　もっとも、敵軍に侵略されたら領民は死ぬか捕虜になるかだ。それを考えれば、民心が多少上がることもあるだろう。

とにかく重要なのは、エイントリアンが陥落《かんらく》しなかったという事実。

俺は生き残った。これからは、エルヒンとして未来を見据《みす》えて生きて行かなければならない。歴史が塗り替えられてナルヤ王国の今後の動向もわからなくなってしまった。

果たして、歴史にあるようにナルヤ王国は北の国境からの侵略を強行するだろうか？

それは少し様子を見る必要があった。

俺が起こした変化のもたらすバタフライ効果はすぐにはわからない。

状況の確認がとれるまでは領地の育成をしながら待つ。ゲームの攻略、つまり天下統一を成し遂げられるように。

「侍従長」

「はい、ご主人様」

「領地の財政状態と税率に関する資料を全部持ってきてくれないか？」

「財政に関する資料ですね？」

「ああ。少し勉強をしておかないとな。……何をじっとしている。早く行かないか」

俺をじっと見つめて動かない侍従長を促《うなが》すと、

「はい！　ただ今！」

すぐに背を向けて消え去った。明らかに何か言いたげな様子だったが、何だろうか？

気になった俺はやがて彼が資料を持って戻ってくるなり訊いた。

「侍従長、何か言いたいことでもあるのか？」

「いいえ。ございません」

侍従長は資料を置くと侍従たちと共に頭を下げて去って行った。俺の気のせいか？

まあ、今それはどうでもいい。とにかく領地の税金帳簿などの資料を読み始めた。ひとまず、今はこれが先だ。

悪徳領主エルヒンが腐らせた領地を正常な状態に戻すためには、現状をきちんと把握する必要があった。

不思議なことに日本語でもない文字がすらすらと読めた。おそらく、これもシステムの力だろう。

「まったく……。本当呆れるよ。さすが、これぞ本物の悪徳だな」

帳簿を見ながら思わず首を横に振ってしまった。

今この時代は農耕時代。まさに農業が全ての時代だ。そんな領地で農地から徴収《ちょうしゅう》する税金はなんと80％近かった。

あまりにも酷すぎる。せめて領民たちが暮らしに困らないようにはするべきだろ。収穫した農作物の80％を取り上げているこの状況は尋常ではない。

ルナン王国の法令には、領地から徴収する税金は50％とある。そして、この徴収した50％のうち20％を国王に捧げるのだ。ところが、現在のエイントリアンは50％ではなく、各種名目を作って80％の税金を徴収していた。

それを率先しているのは領地の税務担当官だ。当然、家臣のひとり。

「やはり、悪徳領主という噂は本当のようですね」

それを見ていると、いつ現れたのか、俺の後ろで密かに書類を見ていたユラシアがまた俺の首に剣先を向けた。

もしかして彼女は忍者なのか？

書斎の窓が開いているのをみるとまた窓から入り込んだようだ。

書類に集中していて気づかないとは。これは明らかに問題だ。

システムで強くなったってだけで俺はいたって平凡。

奇襲に備える方法を考える必要があった。

もちろん、彼女のことはとりあえず信頼しているが。

「いや、これは違う。むしろ収奪《しゅうだつ》を主導する家臣を捕らえるためにあえて泳がしていたんだ。父から領地を受け継いだ後、悪徳領主のように過ごしていたのは、まさにこういうやつらを探し出して始末することで領地を正すためだったんだ」

「またそうやって……！」

「結局、この書類のことだって直接何か見たわけじゃないだろ？　この収奪を主導する税金担当官。この男から調査するつもりだ」

「あなたの命令ではないと？」

「当然だろ？　神に誓うよ」

そう。俺は絶対に潔白だ。

問題はこのボルド・デン子爵。

エルヒンと一緒に領民から収奪している存在。真っ先に排除すべき家臣であることは確かだ。

とりあえず、どんな人物なのか一度会ってみる必要がある。

「侍従長」

「はい、ご主人様」

俺は再び侍従長を呼んだ。侍従長に対してひとつ疑問があるとすれば、最初は俺に怯えているように思えたが、本当はそういうわけではなさそうであること。ただ徹底的に俺の機嫌取りをしているというか。まあ、仕事が早くて有能だから、そんなことは別に構わないが。

「ボルド子爵を呼んでくれるか？　訊きたいことがあるんだ」

「すぐに呼んでまいります」

当然、侍従長はユラシアを横目に見たが俺が黙っていたため何も聞かずに立ち去った。

「ずっといるつもりか？」

侍従長が退室してから聞くと彼女は首を横に振った。

すると、また窓から消えてしまった。本当に忍者のような女だ。

それにずっといるつもりかと聞いたのは、一緒にボルド子爵に会うか、という意味でもあったのだが、行ってしまったのだから仕方がない。

思考が読めない女だな。

やがてボルド子爵が俺の書斎に到着した。俺が初めて目にしたボルド子爵は、ただの太ったおじさんだった。基本的な能力値もまあ酷い。

「お呼びでしょうか、閣下」

このおやじが領民を苦しめている中心人物か？

それは、果たしてエルヒンの命令なのか、それともこの男がエルヒンを唆《そそのか》したのか、そこが重要だが。エルヒンだけが悪者なのか、ふたりとも悪者なのか。

「ナルカとの戦いに勝利されたそうですね。さすが領主様です!」

ボルド子爵はいきなりへつらい始めた。さらに俺をおだて上げる。

「それに、領主が直接戦われるなんて! もう本当に……」

俺は聞くに堪えられず、話を遮ってすぐに本題に入った。

「まあまあ。それより、税金のことだが」

「はい、閣下。税金が何か?」

「税金をもう少し上げないか? 首都でのロビー活動には何かと金がかかるからな」

「それは……。しかし領主、これ以上は問題になるかと」

へぇ。反対するのか。

「これまでも君が作ったあらゆる名目で税金を搾取《さくしゅ》してきたではないか。それがひとつ増えたところで何か問題か?」

「それは……」

「ボルド子爵、頼んだぞ」

「ですがすでに多額の税金を搾取していて、これ以上名目を作り出せるかは……」

「そうか。それなら仕方あるまい。考え直すとしよう」

「さすが領主様、ご理解が早い!」

ボルド子爵は悪いやつではないのか? エルヒンだけが悪者?

「もう下がってよい」

「かしこまりました」

　今はまだどんな結論も下すべきではない。もっと証拠が必要だ。俺はひとまず書類を調べ直した。やはり、この税金はすべてボルド子爵とエルヒンの共謀《きょうぼう》によるものだ。税金の各種名目を作ったのがまさにボルド子爵。さんざん協力しておいて、さらに税金を上げようとするのを止めたからと善人と見なすのは性急だ。最初から協力したのが間違いだ。それこそ、正しいことを言って投獄《とうごく》されたハディンのような人物こそが善人なのでは？　頭の中が混乱し始めた。彼が世渡り上手なだけという可能性もあるから。

　頭痛がしてきた。一日中書類ばかり見ていたからか。

「侍従長！　風呂にする！」

　そこで、俺は風呂に入ることにした。やはり風呂は最高だ。温かいお湯でしばし疲れを癒した。少し気分も晴れて、夕食を食べ終える頃にはだいぶ頭痛も治まっていた。そんな状態で俺は寝室に戻ってきた。これがただのゲームだったらこうも悩まずに済んだのに。結局ゲームならやり直しがきくから。だが、今は一つのミスで取り返しのつかないことになる。だから、悩みを抱えすぎて頭が痛いのだ。

　くそっ。

——むにゅ

そんな心境で、明かりのない中ベッドに歩み寄り腰を下ろした。その瞬間、何かとても柔らかいものが手に触《ふ》れた気がした。俺は思わず手を引っこめた。

「え……？」

驚いてベッドを見渡す。明らかに誰かがいた。これは人に触れた時の感触だった。それもかなり柔らかくてもっちりした部位。俺は意を決して布団をめくり上げた。

慌てて［攻撃］コマンドを入力しかけたまま、掛け布団の下の存在を確かめて凍りついた。ベッドにはふたりの裸の女が寝ていたのだ。

一糸まとわぬ美女が俺のベッドに寝ている。ふたりともすごい胸のボリュームだった。そんな状況に俺は思わず後ずさりしてしまった。鼻血が出そうで見ていられない。

「りょ、領主様？」

女たちは上体を起こしながら俺を見た。俺の反応にむしろ驚いた顔をしている。起き上がったはずみにぷるぷるの胸が揺れたことで俺は気が狂いそうになった。幸いにもふたりの女は恥ずかしそうに布団で体を隠した。そのおかげで胸も隠れてしまったが、その姿がまたエロい。って、いやいやいやいや！

「侍従長―っ！」

「はい、ご主人様！」

俺はまたもや侍従長を呼んだ。一日中侍従長を呼びつけてばかりのようだが、今こそ侍従長が必要だ。侍従長の存在がこんなにも切実になったことはないというほどに。

「お呼びでしょうか？」

「この女たちは一体何だ！」

「いつも通りご用意いたしました。裸の女ふたりをベッドに寝かせておくこと。すべて仰せの通りです。もちろん、今日の女性たちはボルド子爵がご用意されました。ご主人様もお気に召されるだろうと豪快《ごうかい》に笑って帰られましたが……」

いつも通り？

あぁ……。すっかり忘れていた。そうだ、俺はエルヒンだった。

エルヒンは女に溺れたやつだった。エイントリアンが陥落したあの日も、女遊びしているところを捕まって首をばっさり斬り落とされた。

だから、驚くことではないか。だが、女に溺れているとはいえ夜な夜なこんなまねをしていたのか？　両脇に女を侍らせて？

はーあ。だれかさんはこの年まで……。いやいや、そんなことはどうでもいい。

普段からこうして部屋に女を呼び入れていたのか。今日はボルド子爵が俺に媚《こ》びようと女を送りこんできたようだが。

悪徳領主の汚名をそそごうという時にゲーム内でのエルヒンと同じまねをするなんてとんでもない。今後も悪徳領主でいくならまだしも。

もちろん、ボルド子爵が送りこんできたという点だけはいい情報だった。やはりボルド子爵はまともな人間ではないという証拠だから。

「侍従長。ひとまず君は下がっていいぞ」

「は、はい……？」

「どうした？　何か言いたそうだな」

侍従長は、ほんの一瞬だったが少し意外そうな表情を浮かべた。いつもうなずくだけだった侍従長がこんなふうに俺の言葉に反応したのは初めてだ。だが、すぐにポーカーフェイスに戻った。

「い、いえ何も！」

そして、あたふたと部屋の外へ出て行ってしまった。何だったのか。まあ、今はそれどころではない。俺は再びふたりの女に視線を戻した。思いがけない裸に興奮した気持ちを落ち着かせて冷静に見ると、布団で隠した体はぶるぶると震えていた。おそらく神に村の処女を生贄として捧げていた、あのばかげた慣習のように、半強制的に脱がされて待機していたのだろうから。

俺は下手に近づいて刺激しないよう、少し離れた場所から質問を投げかけた。

「まずは落ち着いて。君たちは誰なんだ？」

「そ、それは……」

ふたりの女は互いに見つめ合うとほぼ同時に口を開いた。

「私はメラン村から来たネラです」

「私はユルタ村から来たナラです」

そして、それぞれ名前を名乗っては泣き出す。おそらく本来のエルヒンなら、泣く姿を見てさらに喜悦《きえつ》に浸《ひた》っていたことだろう。

「君たちを送りこんだのはボルド子爵だな？」

「はい……っ……。」

「それに素直に従うなんて。ここがどんなところかわかってるのか？」

「はい。わかってます……っ。」

なぜ泣いているんだ。返ってきたのは俺の求める答えではなかった。少し質問を変えた方がよさそうだ。俺はベッドに近寄った。

「君たち、あの噂を聞いてないようだな？」

俺がすぐ近くまで歩み寄るとふたりはさらに震え出す。

「うっ、噂……？」

「エルヒン領主は泣く女をいじめるのが好きという噂さ。泣けば泣くほど猛《たけ》る」

俺はふたりの女が座るベッドに腰かけて、手前にいる女の頭をそっと掴んだ。

「それもかなり残忍なんだ。君たちを親の目の前で犯して精神的苦痛を与えてから皆殺しにするのさ。どうだ、悪趣味だろ？」

「い、嫌っ！」

「そっ、そんな……！　たっ、助けてください！　どうかお願いです！」

いやいやと首を横に振りながら号泣し始める女たち。

「ボルド子爵に何を言われてこんなふうに身を捧げたのか全部正直に話すんだ。さもなければ、すぐに君たちの親を呼ぶ。ボルド子爵なんかより俺の方が恐ろしい人間であることをわかってくれるといいが？」

領主の悪評は領地に広まっているはず。恐怖にとらわれたふたりの女は互いを見つめ合いながら泣き伏すと小さく呟き出した。

「でっ、でも……。でも……」

「どんな脅迫を受けたのかは知らないが、俺なら君たちの命を守ってやることもできる。本当のことを話せばな。それか、楽しい夜を過ごしてみるか？　泣きわめいて血が飛び交う狂乱のショーなんかどうだ？　ククッ」

「ヒィィイイイッ。い、嫌ーっ！」

「話したら……本当に、本当に助けてくださるんですね？」

「約束は守る。だが、俺を選ぶか、ボルド子爵を選ぶか。チャンスは今だけだ。誰の方が力を持っているかはその辺の子供でも分かるだろう」

目をきょろつかせながら様子をうかがっていたふたりだが、結局そのうちのひとりが真実を告白し始めた。

「わっ、わかりました。話します……。ボルド子爵には口止めをされていましたが、言うとおりにしなければ両親を殺すって……そう言われました。それと、領主が眠ったらこれを……。これを飲ませるようにと！」

え？

女は体のどこからか小さな丹薬《たんやく》を取り出すとその場でひれ伏した。

何だこれは。……まさか、毒薬？

「たっ、助けてください。お願いです……。そんな地獄は嫌です。いっそのことこのまま殺してください。いや、助けてください……っ……。死にたくありません！」

呆れた。

正直、この女たちを抱くつもりはない。だから、あの薬を俺が飲むことはなかっただろうが。危ないところだった。

少し脅してどんなふうに脅迫したのかを訊き出せれば子爵の実体をつかめるから、それを利用してボルド子爵のことを調査しようとしただけなのに。

女を送りこんで媚びを売ろうとしていたのではなく、最初から俺の毒殺を謀《はか》っていたというのか？

「まさか、それは毒薬か？」

「……っ……たっ、助けてください。毒薬ではないと言っていました。ただの栄養剤だから数日眠るだけだって……。そして、自分が領主になったら私たちのことを助けてくれるって……」

助けてくれるなんてとんでもない。そう言ったのであれば、これは完全に毒薬だ。睡眠薬ではなく、毒薬。おそらく俺が死んだら、このふたりの女が暗殺犯として真っ先に殺されるだろう。背後にいる人物を突き止められないように。

「はぁ……、またか」

その時だった。

また首筋に剣先の冷たさが感じられた。

実のところ、今回は最初から神経を尖らせていた。間違いなく現れると。

そう、現れないはずのない場面で、誤解せざるを得ない状況でもあった。

「今の状況で俺が悪いという理由はないと思うんだが」

しかし、これまでの俺を見ていれば誤解は解けているはず。

そう聞くと、首筋に感じられた冷たさが消えた。

そして、彼女は俺の隣に来ると女たちを見ながら言った。

「黒幕はボルド子爵ですか？」

女たちが頷くと、そのまま背を向け出て行こうとする。俺は彼女の腕をつかんだ。

「俺が今まで黙ってたのはこういった決定的証拠をつかむためだ。それを台無しにするつもりか？　君のやることは俺を見定めること。そして判断してくれるだけでいい」

「そうですか」

彼女は立ち止まった。幸いにも納得してくれたようだったので、俺は扉の外に向かって叫んだ。ひとまず、ふたりの女を保護する必要があったから。

「侍従長！」

侍従長がすぐにあたふたと駆けつけてきた。

「ご主人様！　どうされましたか？」

「彼女たちを保護してくれ。どうやら、ボルド子爵が俺の暗殺を謀ったようだ」

「そ、そんな！」

侍従長は驚愕の表情で目を瞬かせた。

「ひとまず、ボルド子爵の魔の手が伸びないよう彼女たちの両親も一緒に保護してくれ。ああ、それと今後は寝室に女を入れないように。女好きのエルヒンはここまでだ。そんなまねをしていては、領地を復興させる夢も永遠に叶わないからな」

「……はい？」

俺の言葉に侍従長は再び意外そうな声を上げた。ただ、さっきとは少し様相が異なる。

「女好きなど領主のあるべき姿ではない。どういう意味かはわかるな？」

「それは……。いえ、あの、すぐに手配します！」

「それともうひとつ。ハディンに伝令を遣わせて、今すぐ領地軍を率いて城の前に来させるんだ！」

兵営の指揮官を替えて確実に軍事権を握っておいてよかった。ハディンの来歴を見るとバークやボルド子爵とは対照的な人物だから。ある意味、ボルド子爵がこんな卑劣なまねをしたのも、軍事権が急に俺の手に渡ったからではないだろうか？

まあ、軍事権が彼らにあったところで、このエイントリアン領で特典を使った俺の武力に敵う者はいない。

もちろん、目の前にいるこの女も含めて。

「それより、よく我慢したな。さっき俺が彼女たちを脅してた時」

「腹が立ったので乱入しようとしましたが、あまりの怒りに剣を落としてしまったんです。剣を拾うと話が変な方向に流れていたのでおとなしく聞いていました」

「何だよ。つまり、我慢したのはあくまでも偶然ってことか？」

「よかったですね！」

そう、よかったんだと独り言をつぶやきながら強くうなずく彼女。無表情ながらも断固としたうなずきだった。

＊

ボルド子爵の邸宅《ていたく》はハディン率いる領地軍に包囲され、おかげで彼の私兵はあっという間に制圧された。

邸内に入った俺の前に連行されてきた子爵は、まるで非がないという顔をしている。

「閣下、これは一体⁉　どうしてこんなことを！」

「とぼけるのか？　君が送りこんできたふたりの女がもうすべて自白したぞ」

「そ、そんな！」

一瞬にして顔が真っ青になったボルド子爵は、すぐに平然とした顔つきになり首を横に振った。

「誤解です！　私が閣下を毒殺するなんて！　そんなのはやつらの陰謀です！」

「毒殺？　俺は自白したとしか言っていないはずだが？」

「……」

しらを切ろうとしたボルド子爵は黙り込んでしまった。自分自身に呆れた模様だ。

意図したわけでもないのに自白してしまったが、とにかくこれで領地の癌的存在を始末できる結果となったのは何よりだ。

「そ、それは……。うっ、噂で聞いたんです！」

「まあ、そうでなくとも何かきな臭いものを感じていたところだ。調査に入るからおとなしくするんだな」

「こんなの横暴だ！　おいっ、放せ！」

当然、彼はおとなしくするどころか地団太《じだんだ》を踏んで暴れ始めた。

「文官はボルド宅の帳簿と書類を調べろ。それとハディン、君は兵士たちと子爵の全財産を探し出して押収するように！」

「はい、領主様！」

文官と兵士が慌ただしくボルド子爵の家を調べ始めると、みるみるうちにボルド子爵の顔色が悪くなっていった。

「ふふっ、ふざけるな！　すぐに俺の家から出て行け！」

すぐに数々の金塊や財宝、そして土地の権利書などが押収された。そのほかにも倉庫いっぱいの穀物に、数えきれないほどの贅沢品。

そして、領主城の帳簿とボルド子爵の家から押収した帳簿を照合すると一致しない箇所がたくさんあった。つまり、子爵がかなりの税金を着服していたという話になる。

俺が税金を上げようと言った時にボルド子爵が拒否したのにはすべて理由があったのだ。ボルド子爵は80％に達する税金にとどまらず、さらに裏で領民たちから収奪して90％を超える税金を巻き上げていた。追加で収奪した部分はそっくりそのまま自分の懐に入れて。

ところが、これだけ重い税金が課されているのに領民たちの反乱は起きていない。

その理由となるのは、まさに強力な身分制社会がもたらす恐怖心である。

反乱を起こして領主を殺そうが結局は王国が介入する。

何はともあれ、その結末は死。

それでも、長い間これだけの税金が課されていればすでに何か起きていたはずだが、エルヒンが領主になって間もないため、今はまだ領民たちの不満が積もり始めた頃というか。

エルヒンの父親は死んだばかりだから、ボルド子爵が領民を収奪し始めたのもここ最近ということ。

「かかかかっ、閣下——！」

ハディンが口角泡を飛ばす勢いで俺の元に駆けつけてきた。彼は戦争の後から俺を見る目ががらりと変わった。尊敬の念が感じられるとでもいおうか。

「何をそんなに慌てている」

「これを見てください。密書です。ボルド子爵はナルヤ王国と内通していました！」

そうか。それは確かに騒ぎ立てるほどのことではある。もちろん、ある程度予想できることではあった。俺を殺して領主になるためには外部勢力の力が必要となるだろうから。つまり、着服した金でルナン王国ではなくナルヤ王国に根回しをしていたということだろ？　俺を殺したらこの領地をナルヤ王国に捧げて自分が領主にでもなろうと？

「つまり。ボルド子爵は80％まで税金を上げておいて、それにも満足できず裏で領民を収奪していた。さらには敵国と内通までしていたということだな？」

密書を眺めながらそう言うと、ハディンは激しくうなずいた。

「ククッそうか。領主暗殺に税金着服、国家転覆《こっかてんぷく》を企んだ罪でボルド子爵を下獄《げごく》させろ！」

腹が立つのはそんなやつでも貴族には変わりないということ。まだここは俺の国ではなくルナン王国の領地だから、王国法に基づき内乱陰謀《ないらんいんぼう》など極刑に値する処罰は国王の許可が必要となる。

まあそれでも、これだけの証拠があればいくら腐敗したルナン王国でも死刑を下すほかないだろう。他はともかくナルヤ王国と内通していたという事実は重大な内乱陰謀罪だから。

もちろん、すべてはボルト子爵が企てたことで、領主になったばかりのエルヒンは何も知らなかったというシナリオを作らなければ。

「それと、王国法に基づき彼が着服した全財産を領地に帰属させる！」

「承知いたしました！」

「今後も領民を苦しめる家臣には全員このような処罰が下るということを領地全体に知らせるように。これまで奸計《かんけい》を巡らせていたボルド子爵のことも殿下にお伝えしろ！」

そのようにボルド子爵を始末して財産をすべて押収すると、

[領地の資産が上昇しました。]

[+15,000,000ルナン]

領地の資産が飛躍的に上昇した。

[ルナン]はルナン王国の通貨単位だ。1500万ルナン。1年間の領地運営にかかる費用は1000万ルナンだ。つまり、1年間の領地運営に費やしても余るほどのお金を着服していたということ。

現在のエイントリアンの資産は約3000万ルナン。

そこにボルド子爵の財産を合わせると、

［45,000,0000ルナン］

こんな数値になった。

もちろん個人の財産にしては相当の金額だが、領地の運営資金とするには決して多いとはいえない。領地の運営に充てるだけならまだしも、今後の戦争に備えて軍隊を育てることも考えると極端に乏《とぼ》しいお金だ。

徴兵《ちょうへい》するだけでお金がかかる。そして、徴兵には制限もある。そもそも領地の人口が少なければ、徴兵人数を増やすことはできない。暮らしやすい領地を築けば、噂が広まって人口が流入するだろうから、多額の資金を費やしてでも農地の開拓は必要だ。

つまり、戦争の準備はお金がすべてということ。

もちろん、今追加されたお金は大いに役立つだろう。今の領地に一番必要なのは兵力だから。先日の戦いで兵士が一気に減った。現在の領地軍の規模は約3000人だ。

領地を防御するには完全に足りない。

［徴兵を行いますか？］

［現在の徴兵限度：15000人］

ひとまず、徴兵に必要な費用を確認すべくシステムを起動した。そして、徴兵人数を1000人に設定してみる。

［2,000,000ルナンを利用します。］

1000人で200万ルナンなら1万人で2000万ルナンだ。やはり、とんでもなく費用がかかる。

だが、これは投資すべきお金だった。あらかじめ精鋭軍を作っておくには少なくとも1万人は必要。今あるお金と人口の限界を考えれば、現実的な数字もまさに1万人だ。

ただ、徴兵をした瞬間に民心は下がる。それは覚悟しなければならない。

「ハディン」

「はい、閣下！」

「ナルヤ王国の侵略でやむを得ず兵力の補充と増員が必要だ」

「私もそう思います」

ハディンがうなずいた。

「1万人ほどの徴兵を考えているんだが、君に訓練を頼みたい」

「そんな、急に1万人もですか？」

「兵糧《ひょうろう》ならここで押収した財産から十分に確保できる。何とかこの領地を守り抜くことが優先事項だ。領民をナルヤ王国の奴隷にさせるわけにはいかないだろ？」

「もちろんです。お任せいただければ……我が身を削ってでも強軍を作ってみせます！　それでは……指揮官の座を解任される前から申し上げていた……」

何か言いかけたハディンは急に黙り込んで俺の顔色をうかがい始めた。無駄口を叩いてしまったと思ったようだ。

まあ、ハディンの指揮能力。その数値なら十分に信用してみるだけある。

「よし。信じて任せるとしよう。すぐに1万人を徴兵しろ。現在の領地軍3000人も含め、訓練を徹底するように！」

「はい、閣下！」

それなら迷わず徴兵だ。

[20,000,000ルナンを利用しますか？]
[エイントリアン領地の兵力が+10000になりました。]
[領地軍の訓練度が10に低下しました。]
[領地軍の士気が20に低下しました。]
[領地の民心が20に低下しました。]

多少上昇していた民心が一気に下がった。

いくらナルヤ王国と戦争があったとはいえ、突然の大規模徴兵だからこれは避けられない。急に民心が上がったのも戦争を阻止してくれたという感謝によるもので、領主を見る目が変わったわけではないからなおさらだろう。

さらに一瞬にして領地の資金が半分に減った。はぁ……。この世界でもやはりお金は重要だ。ものすごく重要なのだが、悪徳領主として統治していくわけにはいかない。税金もまた50%に調整したらその分の資金源も減る。ボルド子爵を始末したのはいいが相変わらず問題は尽きない。

そこに、民心を高めなければならないという新たな懸案まで迫ってきた。

＊

実際、天下統一を図るのに1万人は少ない。だが、今はこれで満足するしかない。各種制限があるから。そもそも人口が足りないからもっと増やしたくてもそうはいかない。国境という危険がつきまとうエイントリアンの現在の人口はそれほど多い方ではない。

天下統一を達成するために俺がやるべきことはひとつやふたつではないということだ。

一体どこから手をつけたらいいのやら。人材もお金もレベルも足りない。領地を育てるには、まずはレベルを上げなければならない。

やることが山ほどある。

決められたルートなどないため、むしろ余計に答えを見いだせない。

ぼーっとした頭で領主城に戻った俺はすぐに寝室に向かった。夜も休まずに忙しく動き回ったおかげで、横になったらすぐに眠ってしまいそうだった。

ところがその時、後ろを歩いていた侍従長が急に俺の前に出てきて土下座をした。

「ご主人様……」

思いがけない行動をとった侍従長。なぜ急に土下座なんか？

「侍従長、一体何のまねだ」

「その……。ボルド子爵を解任して税制を整備なされると聞きました！」

「まあ、そのつもりだが。それとこの土下座に何の関係があるんだ」

まさか、侍従長とボルド子爵に何らかの関係があるのか？

だから良心が咎《とが》めて自首するつもりだとか？

「確か、先ほども女遊びはもうやめて領地の復興に尽力されると……」

「それがどうした」

侍従長は俺の質問には答えず、俺を見上げた。

「俺が急に変わったから、だから疑っているのか？」

もしかしてと思い、俺はひとまずそう言って後頭部を掻いた。確かに、侍従長なら本当のエルヒンと俺の違いに気づいて違和感を抱くこともあったはず。

「俺は子供の頃からこんなことを考えていた。多くのことを経験するべきだと。悪徳であってこそ同じ部類をふるいにかけて領地復興を実現することができる。だからこれまで耐えてきた。無能であると噂になれば、俺のことを周りが侮《あなど》り油断するだろう。まさにそこだ。だからこそナルヤ王国との戦いにも勝つことができた。今回の戦争で真の姿を明かしたから、これからは完全に真の姿に戻った俺を見せていこうと思う。皆を騙すのはここまでだ！」

「最近になってご主人様のご変化は十分に感じておりました。本当に感激です……。もしよろしければ、ご主人様の抱負をお聞かせ願えませんか？」

侍従長は跪《ひざまず》いたままの状態で立ち上がろうともせずにそう訊いた。どう見てもボルド子爵と何か関係があるようには見えなかった。もっとも、侍従長は先代の頃から長く仕えている上に先祖代々エイントリアン家に仕えてきた忠誠心の高い家柄の出身だ。

「抱負か……。それはまあ、エイントリアン王国の復興だろう。領民全員が豊かに暮らせるような、そんな領地にするつもりだ」

「……ああ、ご主人様！　まさに先代領主様のお言葉どおりです！　私の息子なのだから、いつか私の意を継いでくれる日が来るだろうと、そう仰っていたご主人様のお言葉が……っ」

何もそんなふうに泣かなくても。

俺の変な詭弁《きべん》は成功した模様だ。もっとも、行動が変わってもその容姿と声は完全に同じ。だから、まったくの別人であるという想像なんかは現実的にできるはずがない。そんな超現実的なことについては考えたことすらないだろうから。

まあそれでいい。

「もう立つんだ。そんなふうに跪いて……他の使用人に見られたらどうする」

俺は侍従長の体を抱《かか》えあげた。すると、侍従長はよろめきながら立ち上がる。そして再び俺に頭を下げると口を開いた。

「実は、ご主人様が先祖の思いを継げる男になったらその時に渡すようにと、先代領主様から言付かっているものがあるのです。私はずっとそれが気がかりで……。一日も早くお渡しできる日を待ち望んでまいりました！」

前領主が息子のエルヒンに残したものがあるだと？　どうやら、前領主も息子の無分別を危ぶんでいたようだ。だから直接渡さずに分別がつくようになったら渡すよう侍従長に言付けてこの世を去ったのだろう。

ところで、何だそれは？　遺書か？　それとも遺品？

「父が俺に残したものがあると？」

「はい。こちらです。ようやく肩の荷が……」

侍従長は俺を促しながら歩きだした。そんなわけで俺はひとまず後をついて行った。

下の階へと、１階で止まらずにさらに下りて行った。かつて特典を獲得したあの位牌がある空間へと繋がる大きな鉄の扉が見えてきた。だが、侍従長はそこでも足を止めなかった。目的地は鉄扉の奥ではない模様。

「侍従長、そこは行き止まりだが？」

俺は目に見えるままにそう言った。すると、侍従長は首を横に振る。

「確かに行き止まりですが、ここには私と先代領主様だけの知る秘密があるのです」

侍従長はそう言うと、身に着けていたペンダントを突き当りの壁にかざした。

すると突然、壁に巨大なマナの陣が描かれる。魔法陣のような類だ。

主にこの世界でスキルを発動すると現れる。

マナの陣が消えると同時に壁が消えた。

そして、そこには下へと続く階段が現れた。

「ご主人様、こちらです」

侍従長は落ち着いた様子でその階段を下りて行った。領主城にこんな空間が隠されていたのか。言葉を失った俺は突然出現した空間をしばらく眺めてから慌てて侍従長の後を追った。かなり長い階段だった。周囲は暗黒だ。漆黒の空間。その空間で階段だけが光を放っていた。マナが関係する空間であることには間違いなさそうだ。

俺の前を歩いていた侍従長がようやく立ち止まった。ついに階段が終わったようだ。階段を下りきって侍従長の隣に立つと、彼は前方を指し示した。

「あちらです。ご主人様。エイントリアン王国時代から他国の餌食《えじき》になって国境の伯爵となったこれまでの間、国の復興のために集めてきた財宝であります！」

その方向に目を向けると、俺は眩《まぶ》しさのあまり目も開けられなかった。目を細めて少しずつ眩しい光に慣れたところでようやくその正体が明らかになった。目の前にあるのはおびただしい数の金銀財宝だった。

「つまり……。これが、エイントリアン家が代々に渡って国の復興を夢見て集めてきた……その軍資金ということか？」

「そのように聞いております。ご主人様、どうか先代領主様の胸中をお察しください。そうしていただけたら、私は今死んでも思い残すことはありません！」

こんなうまい話があるか？　エルヒンというキャラクターにこんな多くの財宝とは。天下統一のための費用としてはまさに都合がいい。

思わず笑みがこぼれた。

こうなるといろんなことが変わってくる。頭を悩ませていたものがひとつ解消されたも同然だ。領地の運営と戦争の準備。その力の蓄え。それが十分に賄えるのだから！

そのようにしばらく財宝を眺めた。そして、侍従長からペンダントを受け取った俺は財宝の完全なる主となった。

この秘密の場所が秀逸なところは、たとえ他国に領地を奪われたとしてもペンダントを持つ俺でなければこの空間には入って来られないということ。

侍従たちに財宝を移動させたら場所は公になってしまうが、財宝が隠された場所に入れるのはペンダントを持つ俺だけだ。

俺は快哉《かいさい》を叫びながら財宝の十分の一を夜通し運搬させた。

その額は約10億ルナン。本来あった領地の資金と合わせると「1,025,000,000ルナン」こんな数値になる。これで領地を育てれば人口が増えてもっと多くの徴兵が可能となり、それはやがて軍事力となる。

本来はエイントリアン家が国王一家だった。そのため、王家復興のために子孫代々準備してきた軍資金があったのだ。


軍資金を確保して真っ先にある作戦が頭に浮かんだ。

民心を上げるための作戦。そのために、ユラシアを呼んだ。

活用できるなら活用した方がいいだろ?

「領地を収奪してたやつはいなくなったからあとは民心を上げないとな。少しお金も入ったし」

もちろん、ボルド子爵から押収したものより先祖が残してくれたお金の方が多いが、それをわざわざ明かす必要はない。

「民心を上げるですって?」

「そうだ。こんな状況であるからこそ民心を上げて、その民心の力をもとに侵略に備えて兵士を訓練し、育成する必要がある。それこそがこの混乱した時代に領主がすべきことではないか？」
　逆に俺が訊き返すと、ユラシアは静かにうなずいた。同意するという意味だろう。
「そのために中央広場へ向かうが、来るか？」
「行きます。気になるので」
　俺の後を追うようについてくるユラシア。
　あらかじめ侍従長に命令しておいたため中央広場にはすでに多くの領民が集まってい
た。俺はユラシアと共に領民たちの前に立ち、極めて重要な新たな政策を公表した。
「ボルド子爵に苦しんできた領民たちよ。今までの悪行はすべてボルド子爵が企てたこ
とで、俺はその証拠を手に入れるために彼に従うふりをしていた。だが、その悪は捕ま
った。これまでの詫びとして1年間領地の税金すべてを免除する！」
　ボルド子爵にすべての罪をなすりつけて俺は自分の評価を上げる。こんなのは悪徳領
主のやることだが、まあ今回はいいだろう。手にしたものを利用して民心を高めること
さえできるのなら。
　金は十分にあるから税金にこだわることもない。
　またとんでもない政策を施行するのだろうかと恐怖に怯えていた領民たちは、俺の話
をしばらく理解できずにいた。しかし、歓声が上がるまでそう長くはかからなかった。
　1年間の税金免除はそれだけ領民たちの心に一番響く多大なる恩恵だったから。
　これまでは農業を営んでも農作物のほとんどを奪われていたが、それを100％すべ

て自分のものにできるということ。

それは一瞬にして悪徳領主に対する印象を変えるには十分だった。

［民心が70に上昇しました］

［大物魅力値により民心が+10上昇しました］

［民心が80になりました］

そう。

このためにユラシアを連れてきた。俺に対する彼女の考えを変えることも大事だが、民心と能力値の相関関係の再確認をするつもりだった。

その結果、彼女の魅力によって10も民心が上昇したのである。

ただ隣にいるだけで共同で行ったことになったのだ。

ユラシアの指揮力95は彼女が持つ高い魅力値による数値。

その魅力値がゲームでのように作用して民心が+10上昇した。

もちろん、彼女は何も知らずに歓声を上げる人々をただ嬉しそうに眺めているだけだったが。

＊

ルナンの国王であるツタンカは頭を掻きむしりたい心境だった。謁見の間に集まった貴族たちの視線が集まる中すっかり怖気づいた様子。

「陛下、もうデラン地方やルオン領地まで……」

軍の総責任者であるローネン公爵《こうしゃく》が口を開いた。

「敵軍はすぐそこまできている！　君たちは一体いつまでやられてばかりいるつもりだ」

北方から始まったナルヤ王国の侵攻に何の備えもなくやられたルナン王国は連戦連敗を重ねていた。もちろん、北方の国境にある領地はむなしく陥落してしまい、現在は首都のすぐ側までナルヤ王国の征討軍《せいとうぐん》が進軍している状況。無能な王ツタンカは自分の安危《あんき》が最優先だったため、いまにも息絶えんばかりに貴族たちを責め立てた。

「そういえば、エイントリアン領も侵略されたと聞いたが？」

ツタンカはその悪い頭で先日の報告を思い出した。いつもなら一時間前に受けた報告すら忘れてしまう彼にとってこれはとても驚くべきこと。

「左様でございます。ですが、エイントリアンは無事です。二次侵略はなく敵の兵力は北方に集中しています」

「つまり、エイントリアンの領主はナルヤ王国との戦いに勝ったということだな？」

「はい、今のところはそうですが……」

ローネンは眉間にしわを寄せた。エイントリアンの領主であるエルヒンの噂を聞いていたからだ。数年前に爵位を継承したエルヒンという人物は、ただ悪政ばかりを行う無能な領主であるという評判。

「領地から上がってきた報告によると、1万5000人以上のナルヤ王国軍を5000人の領地軍で阻止したとのこと。正直、信じられません。戦功を水増ししたとしか……」

「だが、阻止したのは事実だろ」

「運がよかったか、多くても偵察隊《ていさつたい》ほどの規模だったのではないかと」

ローネンのその言葉にツタンカは首を横に振った。今にも首都を侵略されそうなのだ、勝利経験のある領主であればなおさら最前線に立たせなければ。可能性が少しでもあるならすぐに実行すべき時。ツタンカはすぐさまローネンに向かって声を上げた。

「戦場では勝利経験が重要だ。国を守るためにすぐに最前線に送りこめ！」

「しかし陛下。エルヒンの能力はともかく、辺境の領主たちには国境を守る任務が……」

「首都が危険だというのに国境が何だ！　これは王命だぞ！」

ツタンカはさらに声を荒げた。臣下という立場のローネンは結局うなずくしかなかった。命令に背いたら、それは反逆になるから。

「そ、それでしたら、国境の兵士はそのままにして領主だけをこちらへ」

「そうだな。国境はその兵力に任せて、領主には最前線で能力を証明させるんだ！」

ツタンカはいかにも善策を施すかのようにそう言って立ち上がると謁見の間を後にした。

［エイントリアン領地軍：13432人］
［訓練度：50］

著《いちじる》しく低下していた訓練度はハディンの努力により着実に高まっていた。あと数か月奮励《ふんれい》すれば、新たに徴兵《ちょうへい》した兵力がそれなりの軍隊に変貌《へんぼう》を遂《と》げるのは間違いない。租税政策《そぜいせいさく》を維持しているため民心《みんしん》の数値も70から変化のない状況だった。

「閣下《かっか》！」

順調な状況に満足しながら木陰《こかげ》の椅子に座って兵士たちの訓練を見ていると、ハディンが驚愕《きょうがく》の表情で走ってきた。

「かかか、閣下！　今入ってきた急報によると北方の国境も侵略《しんりゃく》されたようです……。さらに、国境が崩壊して現在ルオン領地まで攻め込まれたとか！」

ハディンの口から出てきたのは俺のよく知る歴史だった。俺がここでナルヤ王国の侵略を阻止した後のバタフライ効果はまだ現れておらず、ナルヤ王国のルナン王国への侵攻はゲームの歴史のとおりに実行されている模様。

それは俺にとってむしろ好材料だった。その歴史を利用できるということだから。

「それは本当か？」

「はい。それも大軍です。敵は数十万を超える大軍だそうです！」

「そうか。まあ、今は俺たちはただ訓練に邁進《まいしん》するのみだ。気を引き締めろ、ハディン。指揮官がそんなふうに動揺《どうよう》してどうする」

「そ、それは……。申し訳ありません！」

「ご主人様！」

すると今度は侍従《じじゅうちょう》長が俺の元に駆けつけてきた。こっちも急いで走ってきたのか荒い息づかいで俺を呼んだ。

「何もそんなふうに侍従長が走り回らなくても人を送ればいいだろ……」

「ご主人様、それどころではありません。あっ、あちらに、王の勅書《ちょくしょ》を持った勅使《ちょくし》がお見えになられております！」

侍従長が息を切らしながら兵営《へいえい》の外を指さした。そこには王旗《おうき》をつけた馬に乗る将校と兵士たちの姿があった。馬に乗った男は巻物のようなものを持っていた。

王の勅書？

それはまったくの予想外だ。北方の戦争は俺の知る歴史のままだが、それ以外は違う歴史が繰り広げられている。それが俺にとって良いのか悪いのかはまだわからないが。

とにかく勅使が来たというからそちらへ向かった。反逆する気がなければ、勅使には王に対するがごとく礼遇しなければならない。それが王法。俺が兵営の入り口に到着すると勅使が馬から降りてきて訊《き》いた。

「エイントリアンの領主、エルヒン・エイントリアンですね？」

「そうですが」

俺の返答を聞くなり、勅使はすぐに巻物の形をした勅書を広げた。

「エイントリアンの領主は王命を奉《ほう》ずべし！」

その力強い声を聞いた俺はひとまず跪《ひざまず》いた。王の勅使に領主が跪くのは当然の王法。

勅使もそんな俺の姿を確かめてから勅書を読み始めた。

「エルヒン・エイントリアン伯爵《はくしやく》よ。ナルヤ王国の侵略《しんりやく》を阻止した功を褒《ほ》め称《たた》えよう。そなたの能力を高く評価する。すぐに王国軍に合流してその能力を発揮せよ。非常時に伴い国境の領主としての役職は無効とする。国境は領地の兵力に任せ、そなたは最前線で兵士を率《ひき》いて国を守るべし」

何だと？　つまり、俺ひとりで最前線に赴《おもむ》いて指揮官として参戦しろということか？

王国軍は領地軍の上位互換だ。

普段は首都を守備する王の軍隊を王国軍と称するが、戦争が起きたら各領地軍を集めて連合軍が編成される。

ただし、他国と国境を接していて常に戦争勃発《せんそうぼっぱつ》の危険がある国境地域は例外だ。

国境地域の領地では戦争が起こっても兵力は移らない。

もちろん、もっと危急な状況になれば首都を最優先として総動員令が下されるが、まだそれほどの段階ではない。

だから、ひとまず俺だけに来いということ。

最前線に赴くことで得られる実益は？

領地を復興させるだけのお金は十分にある。

兵力を育てるためには領地の人口を増やさなければならない。お金で他の地域から人口を吸収して兵力を育て、そして復興させる。

そんなことはいくらでも可能な状況。

しかし、現在の状況で一番大きな問題は人材不足。

天下統一のためには人材が必須だ。

だというのに、我が軍には優れた人材がひとりもいない。

しかし最前線はどうだ？

最前線には多くの武将が集まる。だから、当然優れた人材は多いだろう。

その中から俺の味方になる人材を探す。

それは絶対に必要なこと。

それに、エイントリアンにいれば俺自身のレベルアップの機会も少ない。いつになったら戦闘が起こるかわからない状況にあるからだ。

一方、最前線では日常的に戦闘が起こる。

つまり、レベルアップが狙えるということ。

実はこれが一番大きかった。

もちろん、それだけの危険は伴う。

だが、俺には特典がある！

命を守る武器はあるから挑戦してみる価値はあった。挑戦なくして成功はない。

ゲームの歴史ではエイントリアンは敗北し、今回の戦争でルナン王国が滅亡する。

俺はひとまずそれを阻止したが、ナルヤ王国は首都を占領した後で再びエイントリアンも占領しようとするだろう。

今はまだエイントリアンは領地の力が足りない。

ルナン王国の滅亡を阻止してもっと兵力を育てる時間が必要だった。

つまり、ルナン王国にはもう少し盾の役割をしてもらわなければならない。

俺が最前線に行ってルナン王国の滅亡を遅らせることができれば、領地の力を育てるための時間が生まれる。

人材。レベルアップ。そして、時間。

実益は溢れるほどにある。

迷うことはなかった。

計算を終えた俺は勅書を丁寧に受け取りながら言った。

「エイントリアンの領主エルヒン・エイントリアン。王令を謹《つつし》んで承ります！」

＊

「お呼びでしょうか？」

ユラシアが部屋に行ってもいなかったので、帰ってきたら書斎へ呼ぶよう侍従長に言っておいた。すると、なぜか彼女はまた窓から現れた。

扉から入れよ、扉から。

「どこへ行ってたんだ？」

「領地のあちこちを見て回ってました。あなたの政策に従って動き始めた領地、訓練される兵士たち、あとはいろいろ」

「それだけ見れば、さすがにもう俺の評価は変わったか？」

いまだに評価が変わっていなければ、この先も永遠に変わることはないということだ。

幸いにも、彼女は俺の質問を聞いてすぐにうなずいた。

「認めます。私が間違っていました。聞いたことだけで判断せず、自分で見て経験し感じたことで判断する。確かにその通りですね」

「まあ、それはそうだけど……。実際に見て経験したとしても誤解することはある。裏の事情は知らないまま誤解しかねない場面を見たとすればだ。この間、俺の寝室に女がいた時のように。どんなことも判断を早まることはよくないと思う。だから、いつだって一番大事なのは豊富な情報なんじゃないかな」

「なるほど。確かにそれはそうかもしれません」

「じゃあ、謝ってもらえるってことでいいか？」

俺が肩を聳《そび》やかせると、ユラシアはまたもうなずく。

すると、彼女はすぐに跪いた。

「私の間違った判断でご迷惑をおかけてして、申し訳ありませんでした」

いや、何もそこまでする必要はない。彼女の身分を考えればなおさらだ。

俺はすぐに彼女の腕をつかんで引き止めた。

「跪けとまでは言ってない。そんな簡単に跪いていい身分でもないだろ。ロゼルン王国第一王女殿下？」

そう。

彼女はロゼルンの王女だ。現国王の姉でもある。

前国王の急死により14歳の幼い王が即位し、その補佐をしていたのが彼女だった。

ロゼルンはルナン王国に朝貢する小国だ。

そして実際の歴史ではかなり破滅的な国でもあった。

ルナン王国の滅亡直後、後ろ盾を失ったロゼルンの貴族たちは隣国ブリジトによる野蛮な侵略に怯えみんな逃げてしまった。

ただ、それでも簡単に滅亡することはなかった。

逃げ出す国民を鼓舞してブリジトと最後まで戦った者がいたからだ。

幼い頃から国民の支持を受けていた存在。

生まれ持った魅力から彼女が演説する度に歓呼は絶えず、人気は日々高まっていった。

彼女はその支持を裏切らなかった。

国を守るため、多くの貴族が逃げ出したロゼルンを糾合し、自ら最前線で戦ったのだ。

もちろん、先陣を切って戦闘に挑んだ彼女は結局戦死した。

彼女の死後、ロゼルンが一週間もたたずして滅亡したのをみると、数か月もの間ロゼルンが持ち堪えられたのは、もっぱら彼女の力があったからだった。

ナルヤ王国による戦争が始まる前から、ロゼルン王国をより強固にするために世界を巡っていたらしい。そこで悪徳領主の噂を耳にしてエイントリアンを訪れた。

彼女は不義に耐えられない性格のようだから。

能力値を見ると、魅力の高さが兵士を従わせる力となっていて、それが指揮に現れているようだった。実際にその力でブリジトと戦った。

また、武力が高いのを見るとマナの資質もありそうに見えた。

政治家よりは律儀な武将タイプといおうか。

もちろん、俺が正体を知っているとは思ってもいなかったのか、彼女はかなり驚いた顔で立ち上がった。

「あなた……。どうして……！」

「さっきも言ったけど、この世で一番大事なのは情報だ」

「すべて知っておきながら、どうして知らないふりを？」

「明かしたくなさそうだったから？」

「何だか、完全に私の負けですね。完敗です……」

ユラシアは悔しそうに唇を噛んだ。そんな悔しがらなくても。

「ところで、あなた。本当に最前線へ行くつもりですか？」

「もちろんさ。殿下が国を守るために世界を巡っているように、俺にも国を守る義務がある。必要とされれば行かないと」

「ルナンは連日敗北していると聞きました。ナルヤの兵力の方がはるかに多いとか」

「勝ってやる。それも見届けてくれ」

「そうですか……」

ユラシアは何か悩んでいるような顔で言葉尻を濁した。

そして、しばらく沈黙するとすぐにまた口を開いた。

「私も加わっていいですか？　戦争についても学びたいし、それに、私の剣術も役に立つと思います。自分で言うのもなんですが、決して弱くはありません！」

一緒に戦ってくれるなら彼女の力は当然役立つ。

95にもなる指揮力の高さはすでに民心を上げる時に確認済みだから。

だが、今はそうするわけにいかなかった。

彼女はルナンの戦争に加わってはならなかったのだ。

これからの歴史のために。

「それは困る」

「どうしてです？」

「俺が戦うところを見守るんだ。遠くから見守るのは問題ない。それから、来月までにはロゼルンに帰った方がいいだろう。最近得た情報と俺の予想によると、間もなくブリジトがロゼルンの領土を脅かしてくるはずだ」

「そ、そんな！」

「信じないなら仕方ないが、だからこそ見届けるんだ。俺がもしナルヤ王国を倒したら、俺にそれだけの情報と知略があるということになるんじゃないか？　その時は、俺の話を信じてロゼルンに急いで帰るんだ」

彼女は何も答えられなかった。

深刻な表情になったのを見ると俺の話を無視しそうにはないが。

とにかく、ゲームの歴史における本来の彼女はロゼルンを守って死んでしまう人物だ。

もちろん、ロゼルンを守らせるつもりだが死なせる気はない。

ゲームの歴史は変えるためにあるのだから。

だが、いずれにせよ、彼女はロゼルンに帰っているべきだった。

もし俺がナルヤを倒したらすぐに始まるもうひとつの戦いのために。

だから、俺の思惑通りになれば、やがて彼女に再会することになるだろう。

ルナンの王都で。

＊

ルナン王国軍の臨時司令部は現在の首都からあまり離れていないリノン領地のリノン城に設けられていた。

ルナン王国軍の総大将は領主たちの首領といえるローネン公爵《こうしゃく》だ。

ローネンは王国軍の参謀《さんぼう》であるヘイナと人事異動に関する会議をしていた。総大将は軍団に所属する各部隊の指揮官たちの総指揮官だ。総大将のすぐ下に副大将という職位があるが、実質的に王国軍の作戦を計画するのはまさに参謀だった。

戦争の華といえるこの役職はナルヤ王国軍の侵略後すでに三回も変更があった。ひとり目は戦死。ふたり目は失踪。

今度新しく任命されたのは首都でも明晰《めいせき》な頭脳で有名なヘイナ・ベルヒンだった。彼女はローネン公爵の親戚でもある。

普通なら誰もが就《つ》きたがる参謀という職位。

しかし、ナルヤ王国に連戦連敗を重ねている今は誰も望まない職位でもあった。国を滅亡させた参謀として歴史に名が残ることになるだろうから。

「エイントリアン伯爵を一体どこへ送ればいいんだ」

「私も少し考えてみましたが……」

ここ一番の悩みの種であるエイントリアン伯爵の処遇に関する質問にヘイナは少し間をおいて続けた。

「補給基地がいいかと」

「それは本気で言っているのか？」

ローネン公爵が戸惑《とまど》った表情で訊き返した。補給基地の補給部隊は王都から届く兵糧《ひょうろう》を戦場に補給する極めて重要な部隊だったからだ。

「補給部隊の現指揮官は北部で戦死したノーラン伯爵の後継に就かせるつもりです」

「いや、いくら何でもその重要な職位に評判の悪いエルヒンは絶対にならん」

ローネン公爵が強く反対すると、ヘイナが説明を続けた。

「ですが総大将！　最前線に送って彼に数千人の兵士を任せられますか？　それを心配なされて適当な職位を探すようにと仰ったのでは？」

「王命だぞ。補給部隊だなんてそうはいかないだろ。もっと何かいい方法はないのか」

「補給部隊なら問題ありません。最前線に送ったらコントロール不可能です。それに任された部隊を壊滅させるかもしれません。それなら、むしろ監視できる補給部隊に送ってこちらでコントロールした方がよいかと。私がしっかり監視します。もし変なまねをしたらすぐに王に報告して彼を重用しろという命令を撤回させます。すべて計画があるので私を信じてください」

王の命令だから彼に職位を与えなければならない。

だが、彼の爵位《しゃくい》はなんと伯爵。

彼には指揮官以上の職位を与える必要がある。それが身分というものだから。

だから、ヘイナにとっての解決策はこれだけだった。今のような状況で、遊ぶことしかできない放蕩《ほうとう》な伯爵に任せられる職位などないから。

＊

領地の防御はハディンに任せた。

俺の留守中に領地で問題が発生したら？

それは最悪だ。だが、財宝さえ無事なら後事を図《はか》れる。

それに財宝は俺だけが取り出せる。財宝が封印された場所に入れるのは俺だけだから。

頼《たの》みの綱《つな》があるから俺は心置きなく北へと向かった。

行く途中の道で避難民の長蛇の列が目についた。

北の国境からリノン城まで。そして、少しでも安全だと思う首都に向かって民衆の行列が果てしなく連なっていた。戦争中だからある意味当然の光景だ。避難民と戦争は切っても切り離せない関係だから。

その避難民の行列は今のルナン王国がどれほど危険な状態かをよく表していた。

避難民の列に逆らって進み続けるとようやくリノン城が見えてきた。リノン城とは、狭義《きょうぎ》に解釈するとリノン領地の領主城を意味するが、広義にとらえると領主城があるリノン市全体を取り囲んだ城郭都市《じょうかくとし》をいう。戦時中は広義に解釈するのが一般的だ。

都市を囲む城郭には通常、東西南北に計四つの門がある。

西門に到着した俺は身分を明かして司令部への案内を受けた。臨時司令部として使われている領主城で俺を迎えたのは王国軍の参謀だった。

［ヘイナ・ベルヒン］
［年齢：２７歳］
［武力：６０］
［知力：８１］
［指揮：５５］

知力が優れている。優秀ではあった。もちろん貴族だろう。参謀という要職に就いているのだから。

「あなたがエイントリアンの領主、エイントリアン伯爵ね？」

「左様《さよう》でございます、参謀！　お目にかかれて光栄です」

会社でいえば何段階も上にいる上司だ。礼儀を示そうと頭を下げて挨拶《あいさつ》をしたが、彼女は冷めた表情で俺を睨《にら》みつけるだけだった。

まったく歓迎の意志はないということか。

「よくきたわ」

「国家存亡の危機ですから、私でよろしければ尽力いたします」

その返答に眉《まゆ》をひそめたまま軽蔑《けいべつ》するような目つきで俺を見るヘイナ。

いや、何も間違ったことを言ったわけでもないのにあんまりだ。

だが、それはエルヒンの悪評が彼女たちにも知れ渡っているという意味でもあった。

悪徳領主で女好きの放蕩な男。それがエルヒン・エイントリアンの評判だから。

どうやら、俺は臆病なルナン国王ひとりの判断によって召喚された模様だった。

当の王国軍では悪名高い俺は必要ないということだろう。

まあ、その印象はこれから徹底的に変えていけばいいだけ。

「戦況はいかがですか？」

だから軽蔑の目にいちいち反応する必要はない。

そんなことより、情報が必要だった。

「状況が良くないわ。マノン領地まで陥落《かんらく》してしまった。敵がガネン城とベルン城に進軍していて、今はガネン城で戦闘中よ。ガネン城とベルン城が陥落すればあっという間

にリノン城。そのリノン城の次はいよいよ首都のルナン市が戦場となる。それだけは阻止しようと必死に抵抗してるけど、序盤《じょばん》で押されすぎて兵力差が広がったのが……」

ガネン城とベルン城だと？

それはまさに首都の目前まで敵が攻め込んできているということだった。

ルナン王国、絶体絶命の大ピンチ！　まさにそんなタイトルが似合う状況。

「いや、こんな説明あなたには無意味ね。最前線はあなたの行くところじゃないし」

ヘイナは途中で急に説明をやめてしまった。

「ですが、こんな状況で最前線でなければどこへ！」

俺はその理解できない言葉に訊き返した。俺を受け入れていないのはわかるが、王命だからやつらも俺を使わないわけにはいかないはず。一体どこに送るつもりなんだ。

「最前線部隊の指揮官の中に死亡者が出たから、急遽そこに補給部隊の指揮官を送ったの。だから、あなたには彼の後任に就いてもらうわ」

補給部隊の指揮官？　え？

補給部隊は確かに最前線ではない。だが、補給部隊は最前線と同じくらい重要だ。

そんなふうに軽蔑の眼差しを向けておきながら補給部隊に送るだと？

補給は戦場で最も重要な役割のひとつ。

いやまあ、確かに重要な部隊だが。

逆に考えれば、下された命令に従って動いていればいい部隊でもあった。

まったく意図が見え透いている。

無能な指揮官は我が王国軍に必要ない。そういうことだろ？

正直ばかにしているとしか思えない。

「なるほど。補給部隊ですか」

「そういうことだから、補給基地に向かって」

「承知いたしました。ところで。公爵殿下《こうしゃくでんか》、いや総大将はどちらでしょう？　ご挨拶申し上げたいのですが」

「総大将は忙しいの。あなたは補給部隊のことだけ考えとけばいいわ！」

ああ、そうですか。

これ以上話すことはなかった。心の中で舌打ちをしながら、この冷たい風が吹き荒れるどころか凍りつきそうな歓迎を後にして、俺はリノン城から出てきた。

こうなったらチャンスが訪れるまではひとまず補給部隊を俺の軍に育てよう。

この戦争に割り込むには、俺に従順な部隊が絶対的に必要だから。

＊

リノン城の後方に位置する補給基地内の補給部隊。

百人隊長のユセンはここ数日ろくに眠れずにいた。理由はひとつ。父に先立たれた母を思う気持ちからだった。病気になってしまい死《し》の淵《ふち》に立っている母。いっそ最期《さいご》を看《み》取《と》ってから戦争が起こったなら気が楽だったのに。

最前線ならすべてを忘れて国を守るが、後方にいてはむしろ母親への思いはいっそう切実になっていった。

女手ひとつで育ててくれた母親はユセンのすべてともいえるから。

「隊長、大丈夫ですか？　このところ顔色がよくありませんが……」

「大丈夫だ。心配ない」

温厚な性格でいつも部下たちの面倒見がよかったユセンが、リノン城の外に駐屯している間ずっと表情が暗いせいで部下たちも彼を心配していた。そのやり取りを見守っていた他の兵士が質問をした兵士の脇腹をつついて首を横に振った。その話は切り出すなという合図。

物資の整理を終えて休憩時間になるなり、彼は質問をした兵士を連れ出した。

「何だよ」

「ギブン、隊長にあんなことを訊くのはよせ」

「いや、俺は心配して」

「おまえ……。隊長の母親がもう長くないってことくらい知っているだろ」

その言葉に目を丸くしたギブンと呼ばれる兵士。まったく知らなかった様子だ。

「そうか、お前はしばらく他の場所に派遣されてたんだったな」

「ああ。それより、それ本当なのか？」

「ただでさえ親孝行な方なのに気の毒なことになったもんだよ」

ドネの言葉にギブンは苦渋《くじゅう》の表情を浮かべた。派遣される前お金に困っていたのを助けてくれたのはユセンだけだった。それも3か月分の給料を何も言わずに快く貸してくれたのだ。

「何か方法はないのか？　休暇だとか……」

「戦時中だぞ」

首を横に振るドネ。

ため息をつくギブン。彼としては何とか助けたかったが方法はなかった。

ユセンも方法を探していなかったわけではない。

覚悟を決めて現在の補給部隊を指揮する副指揮官ハダンのもとを訪れた。当然、幕舎《ばくしゃ》の前では彼の部下たちが行く手を遮る。この日、副指揮官のハダンは相当機嫌が悪かった。指揮官が最前線に異動となってから、その後任は当然自分だと思っていたのだ。ところが、どこかの田舎のぼんくら領主が指揮官の座に就くだなんて。ハダンは外が騒がしいことでなおさら苛立ってきた。

「何事だ」

「副指揮官に会わせろとしつこいもので……」

「中に通せ」

ハダンは腹いせでもするつもりで、騒ぎ立てるユセンを自分の幕舎に通した。

「どうした」

ハダンと顔を合わせたユセンは突然跪いた。そして、床に頭を打ちつけると事情を話し始める。

「一日だけ……。一日だけ休暇をください。あとは命を捨てて戦います！」

自分の本分を忘れることは一時《いっとき》もない。ただ、会いたいだけだった。生前最後の母親に。

「ハッハッハ」

話を聞くと大きく笑うハダン。その反応に戸惑《とまど》ったユセンは首を傾げた。

「そんな事情を抱えた兵士はお前だけじゃないんだ。一介の兵士でもなく百人隊長ともなるやつが情けない！　おい！　こいつを連れ出して鞭《むち》で打ちまくれ！」

ハダンがストレスを発散するかのように豪快《ごうかい》に叫ぶとユセンの顔は酷く歪《ゆが》む。もちろん、それは鞭で打たれるということよりも、完全に希望が絶たれたという絶望感に襲われたからだった。

鞭打ちを受けた姿で幕舎に戻ったユセンを見て、部下たちは戸惑った表情で次々に不満を口にした。

「こんなの酷いですよ」

「シッ！　聞こえるだろ」

そんな中、ユセンは兵士たちに静かにしろと人差し指を口の前に立てた。

ユセンの百人隊の中で彼に恩のある兵士は数えきれないほどいる。それ以外にも彼の人間性を尊敬している兵士が大勢いた。そこで、鞭打ちの痛みに苦しむユセンを差し置き、ギブンは兵士を集めて会議を開いた。

「俺はまだ隊長に金も返せてない」

ひとりの兵士が言った。

「俺もだ。それでも隊長はゆっくり返せばいいと言ってくださった。自分も余裕がないはずなのに」

他の兵士もそう言いながらうなずく。

「金ばかりが恩じゃないだろ。隊長はいつも俺たちを一番気遣ってくれたじゃないか」

あちこちからそんな声があがると、

「……」

集まった兵士たちの間には沈黙が流れた。

そんな中、ギブンが率先して口を開いた。

「とにかく……。何か方法を考えないと。隊長の力になれる方法……」

「何か案はあるのか？」

ギブンの友人である十人隊長のドネが訊き返すと、ギブンにみんなの耳目《じもく》が集まった。

ギブンはしばらく黙り込むと頭を掻きながら話し始めた。

「補給に出る時は複数の百人隊が合同で動くから他の百人隊長ともずっと一緒に行動することになる。だから、そこでは人目をごまかせない。チャンスは補給から帰ってきて待機状態にある今だ。待機状態では警戒任務の部隊が編成されるだろ？」

ギブンの言葉にドネがうなずきながら言った。

「そうだな。俺たちは行ってきたばかりだし、今朝また十個の百人隊が補給に出たから、その部隊の持ち場で警戒任務をする番だ。確かにそうなるとチャンスは今しかないな」

「確かに！」

「そうだな！」

それに他の兵士たちも相づちを打つ。

すると、ギブンは続けて計画の説明を始めた。

「間もなく十二区域を俺たちが任される。警戒任務もすべて俺たちの百人隊。だから、その時がチャンスだ。こっそり抜け出せるようにする。それに……。これは朗報《ろうほう》だが」

ギブンが少しもったいぶると、全員がもどかしそうな表情を見せる。

「まだ何かあるのか？　何だよ？　早く言ってくれ！」

急かされたギブンはすぐに話を続けた。

「ハダンの幕舎で勤務する友人に聞いた話だが。ハダンは参謀に呼ばれて明日会うことになっているようだ。本人は何か任務を任されるのだろうと喜んでいたらしいが。まあ、ハダンは参謀側の人間だし、何か大きなことがしたくてあれだけ司令部に入り浸《いびた》っていたのは事実だからな。とにかく、ハダンが部隊にいなければ、なおさら絶好のチャンスだ。他にこっそり抜け出せるチャンスはもうないだろう」

ギブンの言葉に兵士たちが立ち上がった。全員がその案、そしてこの機会しかないということに共感したからだった。

もちろん、ハダンが呼ばれたのは指揮官に赴任したエルヒンを罠《わな》に嵌《は》めるための陰謀《いんぼう》のためで、新しい指揮官がここ補給部隊にやってくるということを知らずにいることに彼らの敗着があったのだが。

＊

補給基地はリノン城の後方に位置し首都への要路にあった。首都と各領地からの補給物資が届いたら一時的にこの補給基地で保管しておき各戦場に物資を分配する。

臨時司令部のあるリノン城に補給基地を置くと？

リノン城が陥落したら一時的に兵糧と補給路をすべて失うことになるから、補給基地が他の場所にあるのは当然のこと。

［ルナン王国軍補給部隊］

［兵力：10000人］

［訓練度：４０］

補給基地の兵力は1万人。多くはない。

５０００人は補給基地を守る兵力。あとの半分は補給物資を各戦線に運ぶ人員だった。

だから、戦闘兵力は約５０００人ほどですべて。

訓練度は悲惨《ひさん》だった。訓練度の低さは事実上ルナン王国軍全体の問題だ。まともに訓練された部隊など無いに等しい。だから、戦えもせずに国を奪われてしまったのだろう。

訓練度が５０に満たないお粗末な補給部隊。最悪なのは訓練状態だけではなかった。

俺は赴任するなり指揮官用の幕舎の案内を受けた。そこまではいいのだが。その幕舎に突然入ってきた副指揮官のことがまったく気に入らなかった。

［ハダン・ゲルディック］
［年齢：４０］
［武力：５０］
［知力：２５］
［指揮：３５］

酷い能力値だ。男爵《だんしやく》という爵位ゆえに副指揮官という肩書きがついているだけ。

もちろん、気に入らないのは能力ではなくその態度だ。

「赴任おめでとうございます。副指揮官のハダンです」

「エルヒンだ。よろしくな」

「それはそうと。この補給部隊のことは私が一番よく知っています。だから、ここへは休みにきたと思っていただければよいかと。まあ何もしないでくださいってことです」

突然そんなことを言われたのだから腹が立たないわけがない。

「何だと？」

そんな気持ちで反問すると、重ねてハダンは戯言《ざれごと》をぬかした。

「参謀がすべて私に任せるとのことですので」

横柄《おうへい》な口を利きながら参謀の名を持ち出すさまが癪《しゃく》に障《さわ》る。

どうやら俺を監視するために参謀が手を回したのだろう。この男、参謀のことを余程信用しているようだが。

「参謀がお呼びなのでリノン城に行ってきますが、その間は何もせずにゆっくりしていてください。いいですね？」

生意気な警告をすると俺の返事を聞きもせずに出て行ってしまった。

呆《あき》れて失笑《しっしょう》が漏れた。

何なんだあいつは。

無視しよう。参謀の命令だろうがもちろん無視。

ゲームの歴史によれば間もなくリノン領地が戦場となる。

参謀が俺にかまっていられるのもあとわずかだ。

ルナン滅亡の主犯である参謀の言いなりになれば、共に滅亡することになる。

だから無視してもいい。むしろ、その時までに補給部隊を掌握《しょうあく》しておけば、俺もその戦場に立てるはず。

だから、何もするなという警告は完全に無視してすぐに百人隊長を招集した。

ひとまず人材から調べてみるつもりだ。

「俺が今日から君たちの指揮官を務めることになった。指揮官が変わっただけで他に変更点はないから、補給計画に狂いが生じないよう忠実に任務を遂行するように！」

そう言った俺をあからさまに嘲笑《ちょうしょう》するやつがふたり。おそらくハダンの直属部下だ。

残りは強ばった表情を浮かべた。ハダン側の人間はあまりいなそうだ。特に人望はないらしい。

それは俺にとって好都合だった。

見渡したところ百人隊長の中に優れた能力値を持つ人材はひとりだけ。

［ユセン］
［年齢：３９歳］
［武力：８２］

［知力：６０］
［指揮：９０］

百人隊長は軍において平民が就くことのできる最高の階級。つまり、彼はもう長いこと軍にいるということ。そこに能力値まで高いとなればぜひ配下として欲しくなる。

指揮能力が高いほど兵士の訓練度を迅速《じんそく》かつ効率的に高められる。

その指揮がなんと９０だった。

土の中の真珠《しんじゅ》を発見した気分だ。

やはり戦場には優れた人材がいる！　それを再確認した瞬間だった。

＊

人材発掘は人材発掘。指揮官の仕事もおろそかにはできない。

ひとまず百人隊長を解散させた後、俺は各部隊を見て回った。

いくら優秀な人材がいても、いきなり俺につけとは言えないだろ？

部隊は決められた補給計画に従って動いていた。

補給基地は要塞《ようさい》の上にあるが、いつでも撤収できるよう兵士たちは幕舎で生活を送る。

その中でも一番大きな幕舎がまさに指揮官用の幕舎だった。

指揮官幕舎と呼ばれるところ。

ひとまずその指揮官幕舎へ行き、各種書類を読んで補給基地に関する事項を確認した。

補給部隊についての勉強とでもいおうか。

補給基地内の物資現況等の事項を熟知するのに半日を費やした後、俺は地形の偵察《ていさつ》に乗り出した。

奇襲にしろ後退にしろ、何か起きた時に備えるためには地形を知る必要がある。

指揮官が基地周辺の地形も知らずに狼狽《ろうばい》したら嘲笑されるだけだ。

だから地図を見ればいいというわけにはいかない。この目で直接見ておかなければ。

俺がその偵察の案内役に選んだのはまさにユセンだ。

偵察もしてユセンの人柄を知る機会も兼ねる。

一石二鳥というところか？

「ここからベルン城とガネン城。ふたつの戦線まで行く道は全部でいくつだ」

「リノン城を迂回する道とリノン城を通る道、あとは部隊の東に見える山を越える道の三つがあります。ただ、山を登るとなるとやはり兵士の運用が難しく、実質的に移動できるのはリノン城を通る道と迂回路《うかいろ》だけになるかと」

周辺の地形に特別変わった様子はなかった。待ち伏せできる地形でもない。ただの平原だ。見渡す限り広がる大地。警戒兵がすぐに敵の奇襲に気づけるほど視界が開けた丘の上に補給基地は位置していた。

「よし。その迂回路の方を見てみるか」

「かしこまりました。こちらです。指揮官！」

先頭を行くユセンに続いて俺も馬を走らせた。これといった会話もなく地形を眺《なが》めながら三十分ほど走ると、前方にはかなり幅の広い川が見えてきた。随分遠くまで来てしまった。部隊から離れすぎるのもよくない。

ここまでの地形を確認できたなら目的達成だ。

帰ろうとして方向転換をした。

もちろん、この偵察には他の目的もある。

その目的のために、そろそろ会話をしていかなければ。

「君、名前は？」

「ユセンと申します」

「軍での生活はもう長いのか？」

「子供の頃に入隊したのでかれこれ20年以上になりますかね。ハハッ」

頭を掻きながらそう話すユセン。20年ともなればかなりの歳月だ。徴兵されてというわけではなく、志願して職業軍人の道を選んだ模様。今は戦争が起きたから徴兵が活発に行われているが、本来はそれが普通である。

「指揮官、あれを！」

まさにその時、照れくさそうに頭を掻《か》いていたユセンが北の方を指差した。

「迂回路の方に敵が！」

敵？　迂回路の方なら俺の進行方向とは逆だ。驚いて後ろを振り返ると、確かに土ぼこりが舞っていた。それがだんだん近づいてくると馬の蹄の音まで聞こえ始めた。

「あの軍服はナルヤの偵察兵です！」

俺はすぐにシステムで敵軍を確認した。

兵士の数は10人。

ユセンの言うとおり一般兵からなる偵察隊だった。

「10人ほどだが……。ユセン、いけるか？」

「もちろんです！」

ユセンの武力はなんと82だ。偵察隊の先頭に立つ兵士の武力は30。

何の問題もないということ。その証拠にユセンは敵軍をめがけて駆け出して行くと、いとも簡単に敵兵を切り倒してしまった。

馬から落ちる敵兵。

そして、2人。3人。4人。

ユセンはあっという間に8人もの敵を片付けた。

「ひとりくらいは生け捕りにしろ！　情報を得るためにな」

生け捕りにした敵兵は情報源となる。

このままではあっけなく全員切り倒してしまいそうなため、俺は生け捕りを命じた。

間隔を置きながら一列で馬を馳《は》せてきた偵察隊。そのうち残ったのは2人だけ。

「降伏せよ！　降伏すれば命は助けてやろう！」

ユセンは一番後ろを走る敵兵まで聞こえるくらいの大きな声で叫んだ。しかし、9番目の兵士は聞く耳を持たない。速度を落とさずに自分の剣を片手で持ち上げてみせる。

むしろ、ユセンの声に反応したのは一番後ろの兵士だった。

降伏しろという言葉に慣れない手つきで馬を止めると、その馬が鳴きながら前足を高く上げたせいで兵士は地面に落下してしまった。

落馬した時の体勢が悪すぎた。あの調子だと少なくとも骨折だ。

――カァァァアンッ！

そっちに視線を奪われていた、その時！

九番目の兵士の剣がユセンの剣と交錯《こうさく》した。

鉄と鉄がぶつかる音。

当然、勝つのはユセンだろう。

そう思いながら視線をそらした瞬間。

ユセンの剣は弾《はじ》き飛《と》ばされてしまった。剣は宙を舞い空高く跳ね上がる。剣と剣がたった一度ぶつかり合っただけなのに敵の力に剣が弾かれ、ユセンは地面に転げ落ちてしまった。

思わぬ異変。

驚いてすぐにユセンの元に駆けつけた。

［特典を使用しますか？］

ありえない。武力82のユセンが一般兵の一撃に馬から落ちるだと？

偶然で起こり得るようなことではなかった。

敵の剣が地面に転げ落ちたユセンへと向かう。

絶体絶命の瞬間。

［ジント］
［年齢：21歳］
［武力：93］
［知力：41］
［指揮：52］

俺は敵の能力値を確かめて再度驚愕した。

武力93！　驚きのあまりめまいがしそうだった。

ただの偵察隊の兵士たちとは次元が違う。いや、想像を絶する武力だった。

さらに年齢は２１歳。これからも成長が大いに見込める年頃だ。
武力で言えばナルヤ十武将に入ってもおかしくない数値を誇る武力なのにただの兵士。
農業を営《いとな》んでいたところを徴兵されて入隊した一般兵だろうか？
それなら、あの凄まじい武力に気づかない可能性もある。
俺のように能力が数値として見える人間は他にいないから！
馬から転げ落ちたユセンを殺そうと動く敵兵。
このままではユセンが死んでしまう。
どのみち方法はひとつしかない。
武力９３なら、特典を使用した俺の武力よりも強い。
「止まれ！」
俺は迷わず［破砕《はさい》］を発動した。
大通連《だいとおれん》の武器スキル［破砕］！
俺より武力数値が＋５までの能力者なら殺すか気絶させるかを選べる絶対的なスキル。
この魅力的な人材をそのまま殺すわけにはいかないため気絶を選んだ。
その瞬間、大通連に閃光《せんこう》が走る。
閃光と共に飛び出した大通連は一瞬でジントの元まで届いた。
ジントは大通連を剣で払いのけようとしたが、数値的にそんなことは不可能だった。
システムは絶対的だ。

いや、絶対的でなければならない！

俺は強い信念で結果を待った。

剣と剣が交じり合った瞬間、眩《まぶ》しいほどの白い光が周囲を覆う。

光が消えてそこに残ったのは、地面に刺さる大通連と馬から落ちて気絶している恐るべき武力の敵兵だった。

俺はその敵兵の元に駆け寄って気絶を確認した。

問題ない。

確実な気絶！

問題は気絶の効果時間だろう。

気絶は［破砕］の機能のひとつ。すぐに目を覚ましたら意味がない。意識を取り戻して闘いが再開されたら、単に［破砕］を浪費したことになる。

ある程度の時間はあるだろうという推測から、まずはユセンの元に駆けつけて馬から降り手を差し伸べた。

「ユセン、大丈夫か！」

「指揮官……。こんな役立たずを助けてくださりありがとうございます！」

手を貸してやろうと駆け寄ったのに、ユセンはむしろ跪いた。

「部下を救うのは当然だ。役立たずだなんて。俺が見るに君は十分強い。問題はあの敵兵だ。異常な強さだったからな」

「それは、恥ずかしながら確かに……一発で弾き飛ばされてしまいました。ハハハ」

　ユセンは敵兵の強さを認めながら唇をぎゅっと嚙みしめて悔しそうな様子。

「死なくてよかった。どうだ、歩けるか？」

「はい。なんとか」

　ユセンは軽く歩いてみせながら答えた。

　受け身が相当上手い模様だ。さすが武力８２なだけある。

　馬から落ちてのたうち回る武力３０の敵兵とは次元が違う。

　破砕で気絶させた敵兵は論外であって。

「馬に乗ってみろ。馬に乗るには全身の筋肉を使わなくてはならないからな。体のどこかに異常があればすぐにわかるはずだ」

　俺のその言葉を聞いてユセンは自分の馬に乗った。そして、うなずく。

「問題ありません！」

「それはよかった。よし、ではひとつ頼みがある。さっき馬から落ちたやつと俺が気絶させたやつをふたりとも生け捕りにするつもりだ。部隊に戻って鎖《くさり》と手錠《てじょう》を持ってきてくれ。運べるように台車と、あと兵士も何人か連れてきてほしい」

「指揮官ひとりここで待たれるというのですか？　それはいけません。私と一緒に戻りましょう。私が兵士たちとやつらを捕縛しにここへ戻ってまいります！」

「いいや。その間に目を覚まして逃げたら困るだろ。見張っていた方がいい。さあ、行くんだ」

「それはそうですね……。では、できるだけ急いで行ってまいります！」

そのように彼は去っていき、俺は適当な場所に身を隠した。

もし、ジントというあの男が目を覚ましたら困る。特典の効果時間はまだ残っているが、もう一度破砕を使うには5時間も待たなければならないから。

待ちながらレベルを確認したが変動はない。やはり、戦闘したからと必ずレベルが上がるわけではなかった。経験値の基準は敵の死だ。練習のような感じでは経験値は入らない。まあ、それはそうだろう。気絶させるだけで経験値が入れば、ジントを気絶させて目覚めさせるという方法を何度も繰り返すだけでレベルアップできてしまう。

そんなことを可能にしておくはずがない。

＊

夜が訪れた。

ユセンの部下たちが計画の実行を狙っていた日の夜でもあった。

「隊長！」

ギブンがそう呼びながら幕舎の中にやってくるとユセンは彼を見上げた。

「どうした」

「私と一緒に来ていただけますか？」

思いつめた表情のギブン。その言葉にユセンは慌てて立ち上がった。

「何だ、また喧嘩《けんか》か？　副指揮官の耳にでも入ったら、また全員鞭打ちだぞ……」

ユセンが舌打ちしながら言うと、

「まあ、そんなところです。ハハッ」

ギブンが曖昧《あいまい》に答えて後頭部を掻きながら幕舎の外へ出て行くと、ユセンはその後について行った。

「喧嘩してるやつはどこだ？　まさか警戒任務中じゃないだろうな？」

まったく何をやってるんだという呆れ顔でユセンが訊くと、ギブンは返事を濁しながらひとまず十二区域まで彼を案内した。そこには、ユセンの他の部下たちもいた。

瞬く間にユセンの周りを囲む部下たち。

そこで、ギブンが代表してユセンに提案をした。

「隊長！　準備は整いました。一日や二日は我われが何とかします。どうぞお母様に会いに行ってあげてください」

その思いがけない部下たちの発言を聞いたユセンは目に驚愕の色を浮かべた。

「お前ら……。脱営《だつえい》は即処刑ってことを知ってるよな？」

「しかし隊長……！　指揮官は今日赴任したばかりで何も知らないでしょうし……。ハダン不在の今日こそがチャンスです！」

「それは違う。俺は指揮官と偵察まで行ってきたんだ。あの方を騙せるはずが……」

集合していた百人隊長が解散した後。ユセンはすぐに指揮官に呼び出され、彼の部下たちは全員十二区域の警戒任務を遂行していた。

一般兵士が部隊の詳しい状況をすべて把握するのは当然無理である。もちろん、知ろうとすれば知ることはできるが、今回はハダンの不在だけを確認して行動を起こしたことが彼らの失敗だった。

「しかし、そんなすぐにまた呼び出されることはないかと」

ギブンがそう言うと、ユセンは断固として首を横に振った。

「こんなやり方ではお前たちにまで迷惑がかかってしまう。それはならん。いっそ俺ひとりで脱営した方がましだ！」

ユセンも脱営を考えてはいた。決心がつかなかっただけ。だから、部下たちの提案は本当に嬉しかったが、それは現実的に不可能だった。自分ひとりで脱営するならば、自分だけが死ねばいい。

だが、この方法だと気づかれたら全員が処罰されてしまう。

「そうだな。脱営は重罪だ」

まさにその時、後ろから聞こえてきた声。

全員その声に驚愕して振り返った。正体に気づいたユセンがすぐに跪くと、他の兵士たちも同様に跪いた。

「しっ、指揮官！」

「ヒイイィィッ！　指揮官がどうして……！」

エルヒンの登場に悲鳴を上げる兵士たち。

脱営は重罪だ。その一言は、話はすべて聞いたと言っているも同然だった。

ユセンはすぐに地面に頭を打ちつけた。

「指揮官！　こいつらは悪くありません。私ひとりの責任です」

「違います、指揮官！　隊長は何も知りませんでした。我われが強引に……」

「おい、静かにしないか！　余計なまねは許さんぞ」

互いに自分に責任があると必死だ。

エルヒンは人差し指で頰《ほお》を掻いた。

ユセンという男の人間性を一気に把握できるような光景だったから。

こんなに結束が固い百人隊なら間違いなく戦闘で大いに役立つはず。

部隊の全体訓練度は４０だが、ユセンの百人隊は訓練度もかなり高い方だった。

ユセンの指揮の数値は９０。その数値はやはりさすがだ。

怪物のような武力の捕虜。そして、目の前のユセン。

そんな人材が２人も現れたことにエルヒンは快哉を叫んだ。

もちろん、まだ彼らを手に入れたわけではないが登用の対象となる人材が現れたこと自体が嬉しかった。

「それで？　なぜ脱営をしようとしていたんだ？」

「指揮官！　実は隊長のお母様が……」

ユセンに代わって、すぐ隣にいたギブンがあれこれ事情を説明し始めた。

それを聞いたエルヒンは目をつぶった。

こっそり行かせて事実を隠蔽《いんぺい》しようとしていたなんて。世間知らずなのか馬鹿なのか。

まあ、兵士たちのその気持ちに温かいものは感じるが。

エルヒンはそんなことを思いながら再び言った。

「だが、脱営は重罪だ」

ユセンの部下たちはうなだれた。

しかし、エルヒンはユセンが全く予想だにしない言葉をつけくわえる。

「でもな。俺は今何も見ていない。戦場に出てきた兵士が家庭を優先するなんてのはとんでもないことだが、そこにそれだけの大切な価値があるなら行ってこい！　脱営で捨てようとしていた命は帰隊してから戦場で償《つぐな》え」

＊

補給部隊の指揮官として2日目。

ジントが目を覚ましたという報告はすでに受けていた。

彼が目覚めたのは気絶してから正確に5時間後だった。

つまり、［破砕］で気絶を発動した場合の効果時間は5時間ということになる。

俺は軽くシャワーを浴びて捕虜《ほりょ》用の幕舎に向かった。

おとなしく捕まっているのを見ると、鎖を切断できるスキルはないようだ。

それに、今の俺はまたいつでも［破砕］を使える状態。

だから恐れることなく幕舎に足を踏み入れた。

薄暗い幕舎内。ふたりの兵士は鎖に繋がれていた。ひとりは奥で居眠りをしている。

俺は中に入るなりジントと目が合って睨み合いがしばらく続いた。

これぞまさしく神経戦か？

いや、こんなことをしていても意味がない。

「よく眠れたか？」

無意味なまねはやめて俺は質問を投げかけた。ところが、ジントは俺をずっと睨みつけるだけで何も答えなかった。

「どうやら寝てないようだな。そんなふうに睨んでばかりいないで、少しは話したらどうだ。俺は君の武力をとても高く評価している」

一貫して黙りをきめこむ。

何度も話しかけてはみたが返事はなかった。

その証拠にジントは完全に目を閉じてしまった。

むしろ、奥で居眠りをしていた兵士が俺の声に目を覚ましたのか口を開いた。

「そいつはもとから無口なんだ。代わりに俺が話してやってもいいぜ。解放することを約束してくれるならな！」

「無口だと？」

「そうさ。部隊でも一言も答えることのないやつだった」

なるほど。

もとからそういう性格ってわけか。

「お前は何でも話せるんだな？」

「命だけは助けてくれ！　解放してくれれば何でも話す！」

それなら、ひとまず目的を変えないとな。登用から尋問《じんもん》に。

「命を助けてやることはできる。だが、もちろん今すぐ殺すこともできる」

俺は腰に帯びた剣を抜き放って兵士の首元に突きつけた。

「ヒィイイイッ！　勘弁してくれ。たっ頼む。助けてくれ！」

がたがたと震えながら叫ぶ兵士。

迂回路で遭遇した時に怯《おび》えて逃げ出そうとして馬から落ちた兵士だ。

彼は他の９人とは違って酷く臆病に見えた。

まあ、その方が尋問しやすいが。

「正直に言え。偵察隊の目的は何だ。お前が属する部隊は何を準備している」

「それは……」

「いいか、悪知恵を働かせるようなまねをしたら即殺す」

その言葉が本気であることを証明するために、俺は剣先を兵士の首元にさらに近づけた。首からは軽く血が滲《にじ》み出《で》る。

「話す、正直に話すよ。詳しいことはわからねぇが、奇襲を準備しているようだ。それで偵察をしてくるように言われたんだ」

「奇襲？　この補給基地に？」

「ああ、そうさ。俺が聞いたのはそれだけだ。俺も詳しくはわからねぇ。ただ、命令を受けて偵察にきただけだ、本当なんだ。そ、その剣はしまってくれ。助けてくれ！」

一般兵士が詳細に知りすぎている方がむしろ怪しい。

偽の情報かもしれないし、本当の情報かもしれない。

この兵士は本当だと思っていても、ナルヤ王国軍の指揮部によって偽の情報が与えられ、偵察に送りこまれたという可能性もある。

もちろん、奇襲の話が本当である可能性は大きい。昨日偵察に行ってみた結果、リノン城を経由せずにガネン城からここ補給基地までの迂回路が存在した。

ガネン城を攻撃しようと進軍してきたナルヤ王国軍がこの道を把握することになれば、当然補給基地の奇襲を狙ってくるかもしれない。

もし敵が奇襲に成功すれば、交戦中のガネン城とベルン城は食糧難に陥《おちい》る。

他の場所に補給路を作るとしても数日間は兵たちを飢えさせることになりかねない。

それでは士気が下がってしまう。

特に、敵が軍事拠点となるこの補給基地を占領すれば、他の補給路を作ることもそう簡単には行かなくなってくる。

敵にとって実益は十分にある。

信憑性《しんぴょうせい》のない話ではない。

もちろん、あえて目立つかたちで偵察隊を送りこんできたこと自体は怪しいが。

まるで捕虜にして自白させろとでもいうように。

わざわざ奇襲を知らせようとしているということか？

「いいだろう。その話が事実ならお前は助かる。だが嘘なら死ぬ。結果を待つんだな」

「ヒィイイイッ。ほ、本当なんだ。確かにそう聞いた。その後のことはわからねぇが、上官が俺にはそう言ったんだ！」

必死な敵兵の叫び声。

片やジントは平静を保ち、ただ目を閉じたまま微動だにしない。

こんな状況にも動じない一貫した態度。

なおさら欲が湧くが、会話そのものが不可能なのが問題だ。

何か方法を考えてみるしかない。

ひとまず、ジントのことはそのままにして捕虜用の幕舎から出てきた。

もっと重要な用事ができたから。

その途中でまずはユセンの百人隊が集まっている幕舎へと向かった。

「し、指揮官！」

俺に気づいたユセンの部下たちが気をつけの姿勢で右手の拳を左胸に当てた。

これがこの世界における敬礼だ。

「伝えておくことがある。これから百人隊長を全員招集するつもりだ。急遽《きゅうきょ》会議することがあってな」

「そ、そんな！　今我われの隊長は……」

驚きのあまりしゃっくりのような声を出しながら訊き返すギブン。他の兵士たちも戸惑った表情で群がってきた。

「心配するな。ユセンには別の仕事を任せていることにする。驚くかと思って先に伝えに来ただけだ。それより君、ギブンと言ったか？」

「はい。ギブンと申します！」

「十人隊長だな？」

「左様でございます！」

「君がユセンの右腕だと聞いたが」

「それはまあ……。ハハハッ。そんなところです」

「では、ユセンに代わって君が会議に出席するように」

「よ、よろしいのですか？」

「それぞれの百人隊に命令を出すつもりだから代理人が必要だ」

ひとまずユセンの百人隊にそう話した後、俺は指揮官幕舎に移動して緊急会議を招集した。

何か敵の狙いが他にあるとしても、補給部隊の指揮官として基地への奇襲に備えなければならない。

「昨日の偵察で敵兵を捕えたことは全員知っているはずだが、その捕虜が自白した。ガネン城を占領した敵軍は迂回路を発見し補給基地への奇襲を計画しているとのことだ」

「えぇぇぇえっ！」

「指揮官、それは本当ですか？」

「きき、奇襲だなんて！」

指揮官幕舎に集まった百人隊長がざわめきだした。それだけ重要な知らせではある。

「自白自体は紛《まぎ》れもない事実だ。実際に奇襲があるかどうかはわからないが」

俺が肩を聳《そび》やかすようにして答えると、ハダンの部下がすぐに声を上げた。

「す、すぐにリノン城に報告を。副指揮官もいないこんな時に！」

「報告はするが。まずは対策を講じてから……」

あいつがいたところで何が変わるんだよ。

補給基地は首都へと続く道にある丘の上の要塞に位置している。それほど高さはないが城壁《じょうへき》には囲まれていた。補給の便宜上の理由から各区域ごとに扉が設けられている構造で、四方に城門がある都市に比べて多くの扉が存在しているという特性がある。

「そんな時間はありません！　すぐに報告に行ってまいります！」

昨日から目に留めていたハダンの部下であろう百人隊長は、俺の言葉を軽く無視してその場から駆け出した。

指揮官の存在はあからさまに無視だ。

上官が上官なら部下も部下というか。

「……まあ、それはそうと。我われは独自で備える。奇襲が本当だろうが嘘だろうが、備えておけばいくらでも阻止できるはずだからな」

もちろん、要塞の中であればある程度攻撃には持ちこたえられるだろう。だがかなりの長期戦が予想され、その間は補給任務を遂行できない。そうなれば敵の狙いどおり。

さらに、今の訓練度と士気では長期戦になった時に持ちこたえられるかは疑問だ。

地形上は有利に見えるがむしろ不利だ。補給部隊が孤立してどうするというのか。

基地の外にはもっと戦いやすい地形があった。その地形を利用して敵の士気を急落させることで一気に撃退できる方法があれば、その方が有効な作戦となる。

作戦に失敗した後で要塞にこもっても遅くない。

「対策については各百人隊に改めて命令を出すことにする。ひとまず解散して兵士たちに状況を説明するんだ。いつでも行動開始できるよう準備しておくように！」

命令を下した後、会議を解散させてギブンだけをその場に残した。

訊くことがあったからだ。

「ギブン、君は少し残ってくれ」

指名されたギブンは辺りを見回して百人隊長が全員出て行ったのを確認すると、俺に歩み寄ってきた。

「隊長のことですか？」

「いや。ユセンならそのうち戻るだろう。そのことではない。他に訊くことがある」

「何でしょう？」

「ハダンに不満を持つ百人隊長を教えてくれないか。ハダンに従っていない者をな」

「副指揮官に不満を持つ百人隊長ですか。えーっと、それは……ほぼ全員です。先ほど報告に向かったあの百人隊長の他にもうひとりを除く全員が嫌っています！」

「ほう。そうか」

「はい。副指揮官は……本当にクズ、いや……！」

貴族を侮辱《ぶじょく》すること。それは不敬罪だ。

普通はすぐに処罰される。

俺も貴族であるということを後から思い出したのかギブンは急いで自分の口を塞《ふさ》いだ。

「ハダンのようなクズはいくらでも侮辱していい」

俺は選択的に許可した。俺を侮辱したら不敬罪で処罰するが、あの憎たらしいハダンなら、まあ。

「ほ、本当ですか？」

「ああ」

「で、では、言わせていただきます。あいつは根っからのクズです。いつも些細《ささい》なことに難癖《なんくせ》をつけて百人隊長たちに鞭打ちを……」

「なるほど。不満が溜まっているんだな？」

「はい！」

それはかなり好都合な情報だった。

それなら、今こそがハダンを排除して部隊を確実に掌握《しょうあく》できるチャンス！

「では、ユセンと親しくて信頼のできる百人隊長は誰だ。ユセンがいないこの状況を共有できる百人隊長はいるか？」

「ほぼ全員が隊長とは親しいですが、その中でもジド百人隊長が一番親しいですかね」

「そうか。よし、では君たちの百人隊もすぐに出陣の準備をするように。それと、ジド百人隊長をここへ呼んでくれ」

＊

「奇襲ですって？」

参謀ヘイナが驚きながら言った。

「はい。新しく赴任された指揮官が自白させたそうです」

「なによそれ……」

ヘイナは呆気《あっけ》にとられた。赴任するなり敵の偵察隊を捕虜にして自白を取るなんて。

「敵軍を捕まえてきたことは事実です。運が良かったのでしょう」

運良くね……。ヘイナは混乱して頭が痛くなってきた。ガネン城にはすでに敵軍が進軍している。この状況下での補給基地への奇襲は、ただの戯言と片付けられることではなかった。

総大将のローネン公爵は、現在ルナン王国軍唯一の精鋭軍であるローネン公爵家の全兵力を率いてベルン城で決戦に備えていた。そこだけは絶対に渡さないという決意で。

そんな状況で補給基地が揺らぐのは大打撃だった。

ヘイナはローネン公爵家の親戚《しんせき》だが直系ではない。そのため、ルナン王国の貴族社会において傍系という理由で侮られるベルヒン家の名誉を高めようと参謀の座に就くことを望んだ。

これ以上貴族社会でぞんざいな扱いを受けたくなかった。だから、失敗は本当に許されない。

特に、ローネン公爵が不在のリノン城を守るという重責を引き受けた状況。その事実がヘイナには重荷になっていた。

「とりあえず、その捕虜を今すぐ連れてきて。私が直接尋問するわ」

「承知いたしました！」

ハダンに命令を下したヘイナはすぐに前言を撤回した。

「いや、待って！」

再度地図を眺めたヘイナは悩み始めた。ガネン城とベルン城がすぐに陥落することはない。どう考えてもそう。それなら、とりあえず今は補給基地が最優先だった。

「私が一緒に行くわ。リノン城の兵力の半分を率いて補給基地に移動する！」

「か、かしこまりました！」

ハダンはうなずいた。だが、しばらく葛藤して、ヘイナはまた考えを変えた。

「でもやっぱり。もし、それを囮《おとり》にリノン城が奇襲されたら……。いや、リノン城の兵力とあの高さの城壁なら十分に持ちこたえられる。だから、今は補給基地の方が……」

いろんなことを想定して悩んでいたヘイナは唇を噛みしめた。

「ハダン。あなたは今すぐ補給基地に戻って。絶対要塞の外には出ないように。指揮官にもそう命令して。何があろうと要塞の中で奇襲に備えるようにって！」

「承知いたしました。ですが、参謀。補給部隊の兵士たちには到底……」

「もし本当に奇襲を受けたら私が直接救援に向かうわ。念のため、リノン城の兵力の半分を率いて補給基地とリノン城の中間地点に陣取っておく。駆けつけるくらいの時間は持ちこたえられるでしょ。奇襲をうけたら狼煙《のろし》を上げて合図を送るのよ！」

そう。もし囮《おとり》作戦でリノン城を攻撃してきたらすぐに復帰して、本当に補給基地が奇襲されたらすぐに救援に行く。どちらの場合にも応用の利く戦略。

それなりに優れた戦略だと思ったヘイナは自分に満足しながら命令した。

「それと、その捕まえた兵士を陣地に送って。私から尋問してみるから」

「はい、では補給基地へ戻ります！」

＊

敵が補給基地へ奇襲をかけてくるにはガネン城からの迂回路を利用する必要がある。

だから、俺はギブンの言っていたジドという百人隊長に偵察任務を任せた。

２００人の兵士を率いて迂回路の前方で待機させ、敵の動きがあればすぐに伝令を送れと命令した。

その２００人と補給に出ている兵力を除くと今俺が運用できるのは４８００人だ。

今回の奇襲に備えた作戦の中でハダン側の百人隊長は全員排除した。

そう。彼らには別途要塞の中における防御を命じた。

そして、俺は４８００人の兵力を率いて迂回路へ進軍した。

要塞で戦えば必敗確実。リノン城から救援が来る前に要塞が陥落する恐れもあった。

そうなるくらいなら、むしろ不意を突いて敵を一気に撃退できる作戦が必要だ！

それは、まさに迂回路の中間地点に流れる川にあった。

腰までの深さ。

それほど深くはない。

川を堰《せ》き止《と》めて水量を足首の深さまで減らした後に溜めておいた水を一気に放流すれば、少なくとも数百人の敵兵は一掃できそうだった。

10万の大軍。100万の大軍。そのくらいになるとこの戦略は何の役にも立たないが。奇襲にそんな規模の兵力を動員できるはずはなかった。奇襲は迅速な進撃が命だ。万が一そんな規模の兵力であれば、すぐに撤退して要塞に這《は》い込《こ》まなければ。

だが、そもそも侵略してきたナルヤ王国軍はそんな規模ではない。

もちろん、水攻めで広範囲の敵を一掃することはできない。

そんな規模の川でもない上に、それだけの水量を溜めること自体が不可能だ。

十分な人員と時間、そしてたっぷりと水を蓄えた川があってこそ可能な話。

ここでの俺の狙いは溜めておいた水で川の水位を高めて敵を一時的に分断させること。

その時に渡りきった敵に突撃して掃討した後、分断した残りの敵を攻撃する作戦。

進軍の足を速めると、目の前に川が現れた。

敵兵が補給基地へ来るには避けては通れない道。

もちろん、罠を仕掛けるのはこの川の上流だ。

「上流に行って川を堰《せ》き止《と》める。俺について来い」

ひとまず、川の前に百人隊長を集めて作戦を説明した。最初はみんな戸惑いを見せていたが、勝算のある作戦だということを認めたのかおとなしく従う雰囲気になったため、俺は全員を率いて川の上流へと進んだ。

「ここが良さそうだ。すぐにここで水を堰き止めろ。全兵力がチームを組んで動け。いいか！」

命令と共に堤防《ていぼう》作りが始まった。４８００人が一斉に動きだす。

幸いにもまだ伝令が来ることはなかった。

作業を進めていると、遠くから我が軍の兵士が走ってきた。いや、我が軍ではあるが敵軍も同然な存在。

副指揮官のハダンだった。

「指揮官！　そんなことをしている場合ではありません。参謀の命令です。軽挙妄動《けいきょもうどう》せずに基地で待機しろとのことです！」

参謀の命令を自慢げに宣言するハダン。

基地で待機しろだと？

どう考えてもそれは最悪の戦略だ。ここで作戦に失敗した後で要塞に戻っても遅くはないのだから。

しかし、ハダンの言葉に百人隊長たちは動揺し始めた。参謀という単語まで出たからなおさら。

「おい、何をしている！　すぐに基地へ撤収するぞ！」

ついには俺の答えも聞かずに直接命令を下すハダン。

任務遂行に励《はげ》んでいた百人隊長と兵士は全員手を止めてこちらの様子をうかがう。

こいつ完全に頭がやられてるな。

参謀の言葉なんて無視すればそれまでだ。

これからリノン城に起こる問題を考えれば参謀はただの敗者。

参謀の命令に従って共に敗者となるなら、その命令に背いた罪を受けようとも戦闘で勝利した方がましだ。

むしろ、ここで勝利した方が俺にとっては得ということ。

こういう時に備えてハダンに不満を持つ百人隊長だけを率いて作戦を遂行したのだ。

彼は男爵で俺は伯爵。

それに、参謀の話を持ち出したところで実質的な部隊の指揮官は俺だった。

こんなことをすれば腹を立てた参謀が俺をまたリノン城に呼ぶだろう。

すべての中心となるリノン城に。

「……ったく、黙れよ」

結論を下したら行動するのみ。

ハダンの武力はたったの５０。

俺は彼の首筋に向かって手の甲で［攻撃］コマンドを発動した。

武力差が10ともなればいくらでも気絶させることが可能だ。ハダンはうめき声を上げながら気絶した。

「俺が全責任を負う。すぐに作戦を続行しろ！」

「い、いいんでしょうか……？」

「補給基地を守るための最も効率的な方法はこれしかない。君たちが巻き込まれることはないから心配するな。俺が一切の責任を持つ！」

「承知いたしました！」

ハダンを指差しながらそう言うと、なぜか晴れやかな表情でハダンを見ていた百人隊長がみんな一様にうなずいた。

「ギブン、こいつをあそこの隅に片付けろ」

「もちろんですとも！」

ギブンはいい気味だというように笑いながら兵士たちとハダンを撤去した。

補給部隊の特性上、台車を多数保有しているということがこの作戦を可能にした。

台車だけではない。

補給基地がある要塞は戦争が起こるまで使われていない場所だった。

そのため、要塞の城壁は至るところが崩れていて、砂袋や石で急遽補修した状態。

俺はまさにその補修材を利用して堤防を作っていた。

数千人の兵士が動いてくれたおかげで着実に堤防が形作られていき、まるでダムができたかのように水が蓄えられた。

もう少し水を溜めて一気に堤防を破壊すれば、川を渡っていた敵兵は混乱に陥《おちい》らざるをえない。

特に騎兵ならなおさら。

死の恐怖が迫ってくれば馬たちは暴れ狂うだろうから。

その隙《すき》を狙って一挙に攻撃。

どのみち奇襲だから大軍を率いてくることは不可能だ。

準備を終えたのは夜中。

相変わらず敵に動きはなかった。罠を仕掛ける前に敵が登場するのではないかと心配していたが、むしろその後も現れることはなかった。

さらに、堤防の上からは水が溢れて川へ流れだしていた。ちょうど堤防の高さまで水が溜まって溢れたのだ。

これについては仕方がない。

堤防が決壊する前に敵が現れてくれさえすればいい。

堤防の高さほどの水なら十分に敵を混乱に陥れることはできるから！

敵が現れるのを待ちながら、夜が明けて朝になる頃。

ハダンが目を覚ました。

「うっっ……。指揮官、これは一体」

「黙ってろって」

もちろんすぐにまた気絶させた。

今更ながら［攻撃］コマンドは本当に楽だ。いくら何でも、システムがなければ平凡な俺が拳ひとつでこの壮健な男を気絶させることは不可能だ。

そのように再びハダンを殴り倒すと遠くから兵が駆けてきた。

待ちに待っていた伝令だ。

本当に奇襲をかけてきたということだ。

いや、本当に奇襲が起こるなんてどうも怪しい。

事前告知をして対策をとる時間まで与えた後に攻め込んでくる奇襲か。

まあ、それについては俺にも考えがある。

ただ、今一番重要なのは勝利だ。

敵の考えがどうであろうと敗ける気はまったくない。

「合図が出た！　全員出陣だ！　ギブンはユセンの百人隊を率いて俺に続け。残りの部隊は作戦どおり川の後方の平地に潜伏するように。堤防が決壊して水が敵兵を襲ったら、その時に攻撃を仕掛ける。いいな！」

「はい、指揮官！」

居眠りしていた百人隊長と兵士たちは飛び起きてあたふたと動き始めた。

彼らに出陣を促《うなが》した後、俺はギブンとその百人隊を率いて川の北方へと馬を走らせた。

水位が著しく下がった川を渡って行くと、そこには200人の兵士を率いて後退してくるジドの姿が見えた。

俺に気づいたジドが走らせていた馬を止めると慌てた顔で叫んだ。

「指揮官、敵の奇襲部隊です！　ど、どうしますか？　何か、何か対策は……」

息急《いきせ》き切《き》った声。

混乱しているようだった。俺は落ち着いて訊いた。

「規模はどのくらいだ。詳しい状況を報告しろ」

「主力は騎兵隊です。高い場所から観察していた兵士によると、後方に歩兵隊もいることが確認できたとのことです」

「そうか」

奇襲なら騎兵隊は当然。そこに、要塞攻略を意識した歩兵も混ざっている模様。

「通過した敵はいないだろうな？　徹底して監視したか？」

「もちろんです！　斥候《せっこう》がいることも想定して細心の注意を払いましたが、通過したのは獣だけです」

この作戦は気づかれたら終わり。

だから、至る場所から監視するよう200人もの兵力を偵察に送りこんだのだ。

幸いにも問題はなさそうだった。

「よし。君は川の向こうに待機する軍に合流して、そこで詳しい作戦を聞くように。俺は敵の規模を把握してから動くとする」

「承知いたしました！」

ジドと偵察隊を見送った後、俺の部隊は身を潜めて敵軍を待った。規模の確認は必要だ。敵の人数を知ることでより確実に対策がとれるから。

しばらく待っていると、ジドの言うように騎兵隊が砂埃を立てながら馬を走らせる姿が確認できた。すぐにシステムを稼働すると、

［ナルヤ王国軍：５３２０人］
［訓練度：８０］
［士気：８０］

鍛錬された敵軍が捕捉《ほそく》された。小規模ではあるが、訓練度が４０でしかない補給部隊の兵士たちには太刀打ちできない規模だった。

しかし、十分に作戦が通用する規模。

ゲームの中の奇襲作戦も大体この程度の規模だった。すでにゲームで経験しているため、この世界のことはよく知っている。

実際はどうかわからないが、やはり兵力もゲームと同じということだ。

＊

「全員よく聞け！　川を渡って進撃しろ！　目標は敵の補給基地だ！」

指揮官の大きな声。ランドールの実弟《じってい》ヒリナは遭遇したエルヒンたちの後を追いながら命令を下した。奇襲がばれているのは織り込み済みだ。

ついにヒリナの騎兵隊の前に川が現れた。

幅の広い川。だが、かなり水位が低かった。

５３２０人の敵軍が四つに分かれて川を渡り始める。

ヒリナと副官たちが川を渡りきり、続く兵士たちも続々と合流しだした、その時！

——ゴォォオオオオッ

突然、何か振動音のような音が聞こえてきた。

「何の音だ？」

ヒリナが首を傾げながら音のする方向を見上げた。

しかし、特に変わった様子はなかった。

「指揮官？」

目標は補給基地。他のことに惑わされる必要はないと言おうとしていた副将の表情が驚愕に染まった。上流から怒濤《どとう》のごとく水がなだれ込んできたのだ。

川を渡りきった騎兵は500人ほど。そして、渡っている途中の騎兵隊が1000人。まだ渡れていない後ろの歩兵が約4000人。

主力部隊の騎兵隊は押し寄せる水流に飲まれてしまった。

足首から胸の高さまで急激に水かさが増すと、その水の勢いに押されて敵兵と馬が流され始めた。

——ヒヒィーン
馬の鳴き声が四方に響き渡った。

人間の悲鳴と共に。

——ヒェエエエッ
「どうなってんだ！」

馬を捨てて泳ごうとする兵士たち。

だが、上流から押し寄せる濁流に立ち向かうには力不足。

「うぉぉおおーっ！」

弱り目に祟《たた》り目。

ヒリナは驚愕せざるをえなかった。

濁流に飲まれた騎兵隊の分断はおろか、両側から敵兵が押し寄せてきたのだから。

「くそがァ！」

ヒリナはそう吐き捨てながら剣を抜いた。

一発の水攻めで馬と兵士が大量に消えた。いや、実質的には消えた数より残った数の方が多いが、大混乱に陥って一瞬兵力が分断されたということがとても大きかった。

「攻撃だ！」

ギブンが百人隊を率いて突撃した。軍歴が長いユセンの訓練を受けていた百人隊は、他の百人隊に比べて一番訓練の行き届いた兵士たちであるため突撃には問題なかった。

問題は他の百人隊。

他の百人隊所属の歩兵たちは攻撃を仕掛けながらも震えていた。

さらに、百人隊長のジドもおじけづいた顔。

まともに戦えるのはギブンと100人の兵士たち、そしてエルヒンだけ。

敵を混乱に陥れた状況でも補給部隊の歩兵たちはヒリナとナルヤの騎馬兵に勢いで負けていた。

その状況を目にしたエルヒンは呆れたように首を横に振った。

これが補給部隊のお粗末な実態。

こんな部隊を率いて要塞で持ちこたえるだと？　とんでもない。

このままでは作戦が成功しても敗北する羽目になる。エルヒンは早急に敵の気勢を殺《そ》いで我が軍の自信を高めることの必要性を感じた。

その方法はただひとつ！

エルヒンはヒリナの元へ馬を走らせた。

ヒリナの武力は８０。それなりに強い方ではある。

ところが、特典を装備したエルヒンがヒリナに立ち向かうと、

「ぐはっ！」

ヒリナはまったく反撃できずに首を切り落とされてしまった。

大通連の威力が光を放つ瞬間！

「恐れずに戦え！　敵は困惑している。この敵将の首を見ろ。敵は何てことない。ジド、しっかりしないか！」

「はっ、はい！　指揮官！」

エルヒンはさらなる劇的効果を狙ってスキルを使用した。威厳を見せつけるため、群がる敵に向かって［一掃《いっそう》］を発動する。

――ドカーン！

スキルを使うと、範囲内の敵兵はことごとく白い光の中で死んでいった。その強烈なマナスキルを目の当たりにした全員が驚いて凍りついた。

「マ、マナ！」

驚いたのは我が軍の兵士も同じ。

特に、エルヒンの規格外の強さが彼らには衝撃だった。

「指揮官っ！　マナを使われたんですか！」

「そんなことはどうでもいい。敵を撃退することに集中しろ！」

ギブンの質問にエルヒンが答えると、

——うぉぉおおおーっ！

スキルのおかげで勢いに乗った補給部隊の兵士たちは恐れを捨てて剣を振り回した。

百人隊長も同様。そうして川を渡っていた兵力はすっかり片付いた。

残すところは、後ろにいた残存兵力！

エルヒンが先陣を切ると、マナの強さに魅せられた兵士たちはまるで自分がその力を使っているかのような錯覚《さっかく》に陥って喚声《かんせい》を上げながら水が引いた川を渡り始めた。

士気は上昇！

指揮官を失った敵。残ったのは後方の歩兵だけ。

これはルナン王国軍が最初に成し遂げた勝利でもあった。

＊

「勝ったですって……？」

戦勝報告を受けたヘイナはわなわなと身を震わせ始めた。

５０００人もの敵兵力を掃討しての大勝利。

さらに、我が軍の被害は大したことなかった。

「ありえない。そんなのありえないわ！」

ヘイナは嫉妬《しっと》に駆られた。

総大将がそれを知れば自分の立場が脅《おびや》かされる。そんな考えが真っ先に頭に浮かんだ。

エルヒンは伯爵だ。

自分も伯爵であるとはいえ、こうなると地位を追われる可能性は十分に考えられる。

それも無能極まりないと思っていたエルヒンによって失脚させられたら、ベルヒン家は永遠に嘲笑の的となるに違いなかった。

それは絶対に耐えられない。

そればかりか、エルヒンが自分の命令に背いて勝手に行動したのも我慢ならなかった。

すでにヘイナは自軍の勝利などには目もくれていなかった。

国が危機に瀕しているのに、それを忘れて自分の名誉のためだけに知恵を絞る。

エルヒンは補給基地から動くなという参謀の命令を無視した。

同じ伯爵でも王国軍における上官は自分。それは厳然たる事実だった。

だから、これは抗命罪。明らかに抗命罪だ！

うってつけの罪名が思い浮かんだヘイナはすぐに兵士を呼んだ。

「すぐに補給部隊の指揮官を抗命罪で拘束して！」

－第3章－　奇跡と逆転の切り札

戦いには勝利した。
だが、その結果は笑えた。
リノン城の牢獄《ろうごく》。あの陰気な洞窟《どうくつ》のような場所。
俺はリノン城の牢獄に監禁された。
罪名はなんと抗命罪！
こんな状況を生み出したのはもちろん参謀ヘイナだ。
戦勝して補給基地へ帰投した時はまだ百人隊長や兵士たちの表情は明るく輝いていた。
しかし、それもつかの間。
状況はすぐに一変した。
戦勝報告をするとリノン城から兵士たちが押し寄せてきた。
参謀ヘイナは何ともわかりやすい女だ。
戦勝にもかかわらず、命令を無視したことを理由に俺をリノン城に召喚した。
そして、牢獄に閉じ込める。

俺の肩を持つ百人隊長とギブンのような兵士たちが話にならないと抗議したが、彼らはむしろハダンに平手打ちをくらった。

そのようにしてリノン城の牢獄に監禁されたのだが。

だがそんな状況を真に作ったのは俺だ。わざと捕まったというか。

ヘイナなら戦勝をしてもそんな扱いをするような気がしていた。

虫けらを見るような目で俺を見ていた彼女の眼差しを考えればなおさら。

ゲーム本来の歴史から見れば今はまだ超序盤。

主人公が活躍し始めたのはルナン王国が滅亡してからだ。

ルナン王国が滅亡する戦争についてはプロローグで見ただけ。

そのため、詳しいことまではわからない。

ただ、知っている事実があるということが重要だった。

その歴史的事実の中で最も重要なこと。

時間としてはちょうど今頃ガネン城が陥落する。

そして、ガネン城の陥落からたった一日でリノン城も陥落する。

これは俺が知っている歴史。

どういう経緯でそうなったのかはわからない。だが、陥落することは事実だ。

ガネン城の陥落から一夜にしてリノン城までを陥落させる方法とは一体何だろうか？

それが補給部隊への奇襲と何か関係しているかもしれない。

俺はその考えを振り切ることができなかった。

奇襲があまりにも公然と起きたから。

敵の偵察隊は戻らなかった。それなのに、すぐに奇襲を実行することも中止することもなく、むしろそれに備える時間まで与えてくれた。

奇襲は我が軍がすべての準備を終えてしばらくしてから起きた。

我われが偵察隊を捕らえたその瞬間にこの奇襲がしかけられていれば疑うこともなかっただろう。

つまり、敵は偵察隊が捕まったという事実を知りながらも、すぐに奇襲を実行せずに我われに時間を与えてきたのだ。作戦が漏れる危険があるのに！

だから俺はその時間のリノン城の動きに注目した。

話によると、参謀ヘイナは奇襲の情報を入手した後に持ち場を離れていた。

これがまさに敵の狙いだったら？

敵の本当の狙いは補給部隊ではなく、ヘイナがリノン城を不在にすることだったら？

それなら敵の作戦は成功したことになる。

ヘイナがリノン城を離れるよう仕向けた後に何を企んでいたのかは、いまだにわからない。

敵はその時間にリノン城を攻撃したというわけでもない。ガネン城を攻撃していた。

その答えはまさにリノン城にある。

ここにいればその作戦を知れるということ。

作戦を突き止めたら反撃開始だ。

リノン城さえ守ればゲームの歴史は完全に変わるから。

俺の狙いは奪われたリノン城の奪還！

それがここへおとなしく連行されてきた理由だった。


ゲームのような現実。

その現実世界を掌中《しょうちゅう》におさめるということにはかなり興奮する。

ゲーム好きの俺にとってはこれ以上に幸せなことはない。

必ずこの世界を俺のものにしてみせる！


そして、おとなしく捕まった理由はもうひとつある。

ハダンが捕虜をヘイナのところへ送ってしまった。つまり、ジントはここにいる。

何とかジントさえ説得できれば、今回の作戦の成功率は一気に高まる。

そんな経緯で俺は独房に監禁された。

貴族が平民と同じ牢獄に入ることはない。貴族ゆえに独房《どくぼう》という贅沢《ぜいたく》を享受《きょうじゅ》しているところ。

ジントは前方の牢獄にいる。事前にそれは確認しておいた。

ただ、そこへ行く前にやるべきことがある。
まさにレベルアップだ。
敵の奇襲を阻止して勝利を収めたから経験値が入ってきた状態。

［D級がB級に勝利×３］
［戦略等級B×２］
［獲得経験値一覧］

ヒリナとかいう敵将の武力は８０だった。よって、俺は3倍の経験値を獲得した。
川を利用した今回の戦略等級はB。
おかげでレベルは１１まで上がった。

［レベルアップポイントを獲得しました。］
［保有ポイント：５５０］

今回の獲得ポイントは５００。
既存レベルが8だったから、レベル9の達成で１００ポイント。
さらに、レベル１０からは２００ポイントが入ってくるから、合計すると５００ポイントとなる。

残りの５０は既存ポイントだ。

［武力を強化しますか？　３００ポイントを利用します。］

ひとまず武力を１アップした。

現在の武力は６１。

大きい変化はなさそうな微弱な数値。

だが、こうして上げていけばいつかは強くなれるはず。

とりあえず２５０ポイントは残しておいた。スキルを使う時の消費ポイントも考えると、状況を見ながら使った方がよさそうだったから。

＊

「おい！　看守《かんしゅ》！」

レベルアップもして、ジントに会う準備は整った。

もちろん、また黙りこむようであればなす術はない。

同じ牢獄の仲間となった今、何とか彼の望みや弱点を突き止めて攻略してやるという気持ちで看守を呼んだ。

　間もなく陥落するリノン城を奪還するという目標において彼が重要な存在となるのは確かだ。

　もちろん、彼を説得できなければ俺ひとりで作戦を遂行する。

　そして、作戦が失敗したら逃げる。

　いくつかプランはあった。

　その中で一番いいプランはジントを説得すること。

「看守！」

　一度呼んだだけでは来ないため何度も叫んだ。ようやくひとりの兵士が面倒くさそうにのそのそと現れた。

「はぁ……。何ですか」

「参謀に伝えてほしいことがある。中に入れ」

「それはなりません」

「何だと？　俺は一生をここで過ごすつもりはない。大貴族である伯爵を何だと思っている。君が参謀にうまく話して俺がここから出られることになれば君への謝礼は弾むんだが……。一生かけても使いきれないほどの大金だ」

　扉の外の看守をお金で誘惑してみた。

「それは本当ですか！」

俺は伯爵だ。伯爵ほどの貴族になると反逆罪でもなければ死刑自体が難しい。

身分の高い貴族は抗命罪くらいで大きな罰を受けることはない。

せいぜい役職の剝奪《はくだつ》。領地に戻ることになるだけ。

ルナン王国においてそんなのはよくあることだ。それが身分制というもの。

その点は看守もよくわかっているはず。

「もちろんだ。ただ、重要な情報だから外に漏れてはならない。中へ入るんだ。脱獄などするつもりはないから心配するな。直《じき》に解放されるのに脱獄などするものか」

「そ、それもそうですが」

勘定を終えたのか、謝礼の一言に惑わされた兵士はあたふたと牢獄の扉を開けて入ってきた。

「お話とは……？」

話なんかあるかよ。

すぐに［攻撃］コマンドを実行。拳で兵士を殴り倒した。武力25の兵士だ。

気絶させるのは至って簡単。

兵士の腰のあたりから鍵束をむしりとって、ジントが監禁されている牢獄へ移動した。

ドゴッ！

バコッ、ドスッ！

中からは誰かが殴られている音が聞こえてきた。

「さっさと情報を吐け！　てめぇ、いつまで黙りこくってるつもりだ！」

ジントに対する尋問は終わったにもかかわらず情報を吐かせるという名目の下に続く暴行。ストレス解消かよ。

そんな中、ジントを暴行していた他の兵士が同僚に向かって言った。

「おい、見てみろよ。首に指輪を下げてやがる。それも、高そうだ」

「へぇ～、指輪ね」

手足を鎖で縛られた状態にあるジントは何の反抗もできない。いくら武力が高くとも、手足が縛られているのだから力の使いようがない。

ただ、驚くことに、その指輪を奪われると一言も話さなかった彼が初めて声を発したのである。

「そ、それはだめだ！」

よほど大切な物なのだろう。でなければ、あの長い沈黙を破るはずがない！

「話す。全部話すから、それだけは返してくれ！」

「馬鹿め。手遅れだ。それに、もう情報なんか必要ない。てめぇは殴られまくって死ねばいいのさ。そういえば、口の軽い同僚がいたよな？　あいつはもう死んだぞ。参謀の忌諱《きい》に触れたんだ。クフッ。何も話さずに命拾いしていただけ。もうてめぇも終わりだ！　ハハハ！」

その後も殴打する音がしばらく続いた。

ようやく兵士たちが外に出てくる。そこで、俺はひとまず自分の独房に戻った。

後ほど、静まり返った牢獄の通路を進んでいきジントが監禁されている牢獄に入った。

この男が感情を見せた。それが重要だ。

会話さえできればかなりの進展。

ジントはぶるぶると身を震わせていた。血塗《ちまみ》れの手にいくら力を入れても壁につながれた鎖が解けることはなかったが。

「あの指輪がそんなに大切か？　沈黙を破るなんて」

「……」

突然入ってきて質問をする俺の声にジントは顔を上げた。

俺を見ると少し驚いた様子。

「あ、あんたの仕業か！」

さらに、俺のことを思い出したようだ。とんでもない誤解をしているようだが。

「それは誤解だ。戦場で敵に遭遇したら戦うのは当然のことで、俺はその戦いに勝っただけさ。君を捕まえた後に殴打や拷問をした覚えはない。問題があるのは君を連れていった俺の上官だ。俺もその上官のせいで、抗命罪で投獄されここにいる」

俺はそう話しながらジントの隣に座った。

「つまり、今俺たちは牢獄の仲間ということだ」

会話をしようと歩み寄ってみたが、ジントは唇を噛みしめたまま顔を背けた。

また会話を拒否するのか？

「君の大切な指輪、俺が取り返してやることもできるが」

どうやら奪われた指輪がポイントのようだから訊いてみた。

「あんたも捕まってるんだろ？　どうやって指輪を取り戻すっていうんだ」

「いつまでもこうしてはいられない。貴族である俺が手足を縛られることはないんだ。だから、看守を殴り倒してここへ来ることができた。さっきの兵士たちを気絶させて指輪を取り返すことも、俺にとってはそう難しくない。俺は縛られていないからな」

俺の説明にジントの瞳がわずかに揺らいだ。

あの指輪は本当に大切な物のようだ。

思いもよらないことから手掛かりを得た。

感情が揺らぐ部分があるなら、説得はそこから始めるもの！

「望みは何だ？　俺には何の取り柄もない」

「大したことではない。ここでこうして命を落とすくらいなら、いっそ俺の味方にならないか。奪われたものも取り返して、君の命も助けてやる！」

「ふざけやがって……。それはできない！」

ジントが強い拒否反応を見せながら首を横に振った。

「なぜだ。指輪ひとつにそれだけ執着するということは君も生きたいんだろ？　生きたい理由があるなら、嘘をついてでもここから出て自由を取り戻したいはずだが……。どうして助かろうとしないんだ？」

そう。そこが理解できなかった。

あれだけ強ければ逃げるチャンスはあったかもしれない。

補給基地からリノン城の牢獄まで移動する途中でも。

それでもこの男はおとなしくリノン城の牢獄に監禁されていた。

そして、今の会話でもそうだ。

まるで生きることを望まないというような言い方。

「それほど大切な物がありながら、なぜ君は生きようとしないんだ！」

答えは返ってこない。だが、補給基地で捕まっている時とは明らかに様子が違う。

そこで、俺は続けて質問を投げかけた。

「もしや、あの指輪は大切な人と何か関係があるのか？」

大切な人という言葉に急に反応を見せるジント。

やはり指輪は愛の証のようだ。

そして、あの指輪がこの寡黙《かもく》な男を動かせる唯一の鍵であることは明らかだった。

「よし。指輪は取り戻してやる。もう少し緩《ゆる》い条件に変えよう。その指輪について話すんだ。俺の味方にならなくてもいい。話を聞かせてくれるなら、指輪は取り戻してやる。そしたら、少なくとも指輪を身につけたまま死ねる。君はそれを望んでいるんだろ？」

「そんなの信用できるかよ」

「俺が何のために嘘をつくと？　君の話を聞いて俺に何の得がある」

「……」

ジントは俺をじっと見つめた。動揺した目つき。

だから、ひとまず待った。

目を合わせたまま神経戦をすること数分。

先に話を切り出したのはジントだった。

「本当に指輪を胸に抱いて死ねるのか？」

「話してくれたら取り戻してやる。何があろうと約束は守る」

「一体なぜ俺の話をそんなに聞きたがるんだ」

「単なる興味だ。それよりも取り戻してやるということが重要だろ。本当に取り戻したいなら話を聞かせてくれるだけでいい。それだけのことだ」

＊

ジントはナルヤ王国のある都市でスリをしながらその日暮らしをしてきた。道端に捨てられた孤児が生きていくためには他に方法がなかったのだ。

子供のころから喧嘩の才能があったジントはスリ集団をいとも簡単に掌握した。

スリ集団とはいっても都市のごろつきの組織に上納金を納める下部組織というだけ。

そんな人生だったが、ジントはひとりではなかった。

幼い頃からずっと一緒に過ごしてきた少女ミリネ。彼女がいたから幸せだった。

何より、ミリネの笑顔だけが彼の生きがいだった。

「おかえり、ジント」

そう。

「スリをするにしても、人を選んでやりなさいよね」

こんな平凡な日常。

「あら、ごはん粒がついてるわ」

それがジントの生きる原動力だった。

もちろん、ミリネも同じように思っていた。

ジントと互いに支え合いながら生きていくのだと。

しかし、そんな平和な日常がいつまでも続くことはなかった。

その禍根《かこん》となったのはミリネの可愛らしさ。

15歳のジント。そして15歳のミリネ。

ある日、幼い彼らに災難が降りかかった。

「ジント！　大変だ！　ミリネが連れていかれた！」

一日中働いて帰ってきたアジト。

ジントが戻るなり仲間たちが群がって騒ぐ。

ミリネが連れていかれた。

上納金を納めていた組織のごろつきたちに。

その瞬間、理性を失ったジントは、すぐに武器を持って彼らの溜まり場へ直行した。

「ミリネ！　ミリネーッ！」

ドアを蹴飛《けと》ばして入ってきたジントに向かって、ごろつきたちは嘲笑を浴びせた。

「ミリネ？　フハハ。あいつなら輪姦してやった。なかなかいい女だったぞ？　それも処女だ。まあ、組織に金が必要だから奴隷商人に売り払っちまったさ。あれだけの女なら大金になるからな。だが、そのまま売り払うのはもったいないだろ？　だから味見をしてやったわけさ。わりぃ、お前も混ぜてやればよかったな。プッハッハッハ」

とても正気では聞いていられない話。

ジントはナイフを抜いた。

目からは涙が。

嚙みしめた唇からは血が流れた。

ミリネの受けた恥辱《ちじょく》は考えたくもなかった。

彼女の笑顔。彼女の思いやりの心。

あんなに優しい彼女を。

「クソガキめ。それをしまえ。調子に乗りやがって」

１０人の男たちが椅子を蹴って立ち上がる。だが、ジントは一番手前の男の首を一撃で断ち切ってしまった。

ジントはマナの才能を生まれ持った存在。

たかが喧嘩の経験しかないのに彼の能力は異常に発達していた。

15歳。

幼い彼だったが、その辺のごろつきが相手にできるようなレベルではなかった。

自分ではまったく気づいていなかったが。

「あいつを殺せ！」

驚いたごろつきたちはジントの周りに殺到した。だが、ジントの動きは男たちの数倍も速かった。恐ろしい速さのナイフ捌《さば》き。

そして、信じられない力。

「くっ、来るな……！」

9人の仲間たちが惨死《ざんし》した溜まり場で、残ったひとりのごろつきが恐怖に怯えて跪いた。ジントはそのまま突進して男の顔に無慈悲な攻撃を始める。

「どこだ！　ミリネをどこにやった！」

「た、助けてくれ……！」

「だったら、言えぇぇぇっ！」

「ヒルオネ商人団……。やつらに売っ……」

——スパンッ

宙を舞う生首を見てジントはぎゅっと拳を握った。ぶるぶる震える拳。

人を殺したのは初めてだが、何の感情も湧いてこなかった。

彼の頭の中はミリネを取り戻すということだけ。

少年にとって少女は人生のすべてだったのだから。

無事でさえいてくれれば。

生きてさえいてくれれば。

もう一度自分に笑いかけてくれさえするなら、他のことはどうでもよかった。

その日からジントは奴隷商団を探し彷徨った。

そして、おそよ三年の歳月を経てようやく奴隷商団の追跡に成功する。

それは凡人には想像もできないほどの執念だった。

嗅ぎつけた奴隷商団はその場で全員撲殺してしまった。

三年間数々の実戦を重ねてきたジントは、命など顧《かえり》みずにもっぱら戦闘に明け暮れた。

情報を得るためならどんなことでも厭《いと》わなかった。雇われた闇《やみ》の組織。彼らの血なまぐさい区域争いと暗殺。まるで戦鬼のような人生。

そのせいか、この時すでにジントの武力はB級を超えていた。

だが、ミリネを見つけることはできなかった。

奴隷商団は彼女をすでに地方の男爵に売り払ってしまったのだ。

ジントはすぐにその都市へ向かった。

後先考えずに商人が教えてくれた男爵の邸宅へと攻め込むジント。

たくさんの兵士がジントの前を遮る。

「何だお前は！」

ジントはナイフを振り回すだけで何も言わなかった。邸宅を守る兵士は３０人。

「すぐに応援を呼べ！」

領地軍が来るまでの時間。

ジントはそれを瞬時に計算できるような能力は兼ね備えていなかったが、スピードだけは誰にも負けない自信があった。

破壊しまくる。

ジントは家の中へ乱入すると、ついにミリネを見つけだした。

長い歳月が流れたが一目でわかった。

ミリネを見つけた瞬間。

彼の目からは一筋の涙がこぼれ落ちた。

自分なんかどうなってもよかった。

しかし、憔悴《しょうすい》しきった彼女の姿からどれだけ地獄のような日々を送ってきたのだろうかと思うと到底我慢ならなかったのだ。

「ジント？　ジントなの？」

夢にまで見たジントとの再会にミリネの目からも涙が溢れだした。

彼女も死にたいと思うだけの三年を耐えぬいたのは、いつかジントに会って伝えたいことがあったからだった。自分にはそれ以上を望む資格はもうなくなってしまったと思っていたから。

彼女は、たった一言。

言いたかったのに言えなかったあの言葉。

好き……。

愛してると。

その一言をジントに必ず伝えたかった。

その言葉を言えなければ、死んでも目を閉じられそうになかったから。

何の取り柄もなく親もいない彼らに降りかかったこの暗鬱《あんうつ》な試練。

ジントはミリネの手を強く握った。

「逃げよう、ミリネ！」

そして、都市を抜け出した。

領地軍が遅れて動き出したが、盗んだ馬にミリネを乗せたジントは振り返ることなく突き進んだ。

追撃隊を何度も振り切って、その都市から一番遠く離れた国境の町まで逃げてきた。

国境の近くには戦争で生活の場を失った人たちが集まって暮らす町があるという噂を聞いていたから。

ここへ来るまでの間もミリネは何度も死のうとしていた。

夜になると彼女はうんうん唸りながら暴れ狂った。

だが、ジントはそんな彼女のそばから片時も離れずに、一緒に生きていこうと説得し続けた。

「お前がいないと俺は生きていけない」

ジントのその言葉で、ようやくミリネは命を捨てようという考えをやめた。

生活の場を失った人たちが暮らす国境の静かな町。

ジントはそこで農業を営みながらミリネと静かに暮らしていた。

一日一食。そんな生活でもふたりは幸せだった。ミリネもいつの間にか昔の笑顔を取り戻すほどに。

だが、再びふたりに試練が訪れた。

王が変わった。

平和政策を維持してきた王が死んで野心に満ちた若い王が即位した。

そして、総動員令が発令されると各地では無慈悲な徴兵が始まった。

力のない貧民たちが暮らす国境の町も当然この徴兵を免れなかった。

「ジント、いってらっしゃい。私はここで待ってる。何があっても待ってるから。あな

たなら絶対に戦争なんかで死なない。私はそう信じてる。ジントは強いから。だから、これ以上逃げるのはやめよう？」

結局、その言葉にジントはナルヤ王国軍の兵士となった。

そして、すぐに偵察隊という名の捨て駒になった。

指輪はミリネがくれた愛の証。

あの指輪はジントにとってこの世で二番目に大切なものだった。

＊

「……というわけさ。あの指輪は命よりも大切な物なんだ。本当に取り戻せるのか？」

事情を話し終えたジントが俺を見上げた。

「そういった事情のあるやつは大勢いるだろうが、君のように大切な人を最後までそばにおいた男はそういない。いや、いないだろう……。どうかしてるというか、すごいというか」

イカれた奴。

それが率直な気持ちだった。

悪い意味ではない。並々ならぬ意志力というか。恋は盲目というか。

俺はなおさらジントという人材が欲しくなった。

こんな人材はそう簡単には現れない。

21歳で武力93。成長の可能性は無窮無尽《むきゆうむじん》。

そして、まっすぐな性格。

強いとはいえ自惚《うぬぼ》れが過ぎるランドールを登用する気はまったくなかったのとは違い、この男は知れば知るほど手に入れたくなった。

「それなら……。もっと生きたいと思うのが普通だろ。投降するふりをして彼女の元へ逃げるなり、どうにか生き残るために思案をめぐらすべきだと思う。今の君の姿は理解できない」

そう。

そんなに大切な存在がいるならなおさら生きようとあがいて当然なのに、ジントの反応はそうではなかった。

「ナルヤの新国王が宣言したんだ。捕まる前にひとりでも多くの敵を斬って死ねと。無様に捕虜となり生きて帰れば家族の命はない」

捕虜は情報を漏洩する危険がある。

まあ、それ以前にナルヤの国王は確かにそういう人物だ。

野心的で国を強力な王権で運営する王でもあった。

兵士が捕虜になることは許さない。

壮烈《そうれつ》な戦死を遂げれば家族に金銀財宝を与え、無様に命を乞えば家族を殺すほどに、戦争で敗北することを嫌った。

もちろん、中には家族より自分の命を優先する者もいた。

俺が捕まえた捕虜のうちひとりがそうだった。

生存への渇望は人間だから当然のこと。

だが、ジントは真逆だ。

「もちろん、俺は自信があった。誰にも負けない自信が。堂々と戦い勝利を得て帰る自信が。だが、あんたに捕まってしまった。だから帰ることはできない。死ぬしかないんだ。そうしなければ、ミリネに累《るい》が及ぶ。仮に彼女と一緒に逃げたとしても、一生隠れて暮らすことになる。俺は彼女がこれ以上怯えながら生きていくことは望まない」

ナルヤの国王は民衆の感情を操作して互いに疑い合うように仕向けた。自分の政策に背く行動が起きた場合、それを告発することを金銀財宝で奨励する政策。

つまり、互いに監視させて互いに告発させる政策だ。

ナルヤ王国軍からの正式な帰隊でなければ、ふたりはまた追われる身となるだろう。

絶対に誰かしら告発をする。

平和はない。

ジントは自分の女がまた追われる身となることを極端に嫌がっているようだった。

たとえ自分が死んだとしても。

ミリネという女がその町に定住して平穏に暮らすことを強く望んでいるというか。

「だから、ここで死ぬというのか？」

「そうさ。ミリネの自由のために俺は死ぬ」

「俺に負けたことに恨みを抱いたまま死ぬと？」

「……自信があったが、それでも負けた。自分に自惚れて負けたまでだ。俺はあんたを恨んだりなんかしていない」

ジントは断固として意志を曲げなかった。

だが、俺はなおさら理解できなかった。

「ふざけるな」

その気持ちを一言で表現すると、ジントが首を傾げながら訊き返した。

「ふざけてるだと？」

「他の場所で暮らせばいい。ナルヤ王国に帰らなければ君は戦死したことになるんだ。会えなくても互いを慈《いつく》しみあいながら生きる方が死ぬよりはましだと思うが？」

「俺たちにはもう行き場がない。それに彼女の側にいれないなら死んだ方がましだ！」

ジントはまた断固として首を横に振った。

確固たる生き方だ。彼女のためだけの人生ということ。

だから、ジントを俺の家臣《かしん》として登用するためには、その女も手に入れる必要がある。

「行き場がないだと？　俺はエイントリアンの領主だ。エイントリアンに来ればナルヤに気づかれることはない。ナルヤ王国では君は戦死したことになるだろう」

「そんな無様な生き方できるかよ！」

「最後まで話を聞け。エイントリアンの領地は君が暮らしていた西の国境に近い。軍服を着替えて俺の家臣になるんだ。ルナン王国の兵士になれというわけではない。そしたら、どんな手を使ってでもミリネをエイントリアンに連れてきて一緒に暮らせるようにしてやる。誰にも気兼ねなく幸せに暮らせるようにな」

「あんた、今なんて……？」

「戦争に家族の命をかけさせるような、そんな独裁的な王が世界を統一したところで何が変わると思う？　それに、ナルヤ王国は君に何をしてくれた？　それどころか、昔から君たちを苦しめてきたんじゃないか？」

俺の言葉にジントは何も答えなかったが、否定する気はなさそうだった。

むしろ、動揺した目つき。

「俺はエイントリアンの領地を育てる。だが、すべての人間にとって暮らしやすい国にするつもりはない。誰もが幸せな国なんていうのは夢の話だろ。俺は少なくとも自分に従ってくれる人たちにとって最高となるそんな国を作るつもりだ。だから、俺についてこい。ふたりが幸せに暮らせるようにしてやる！」

「どうせあんたも舌先三寸だろ？　そうやって誘惑してくる人はそこらじゅうにいたが、みんな何かしら下心を抱いていた」

ジントが鬱憤《うっぷん》に満ちた声で叫んだ。

そのとおりだ。

確かにそのとおりだが、それがすべてというわけではなかった。

いくらゲーム感覚でこの世界を生きているとはいえ、一度口にした言葉は取り消すつもりはない。

「俺はこの世界を制覇するという夢を持つ男だ。そして、さっき話したように俺の力となってくれた全員を幸せにするつもりだ。まあ、いい。俺に従うのは後だ。この戦争を終わらせてエイントリアンに帰ったその日に、俺は君の大切な人を救い出して君たちが幸せを取り戻せるよう助ける。それまでは俺の味方になることを強要しない。ただ隣で見ておけ。俺が約束を守る男かどうかを。約束を守れない男だと思ったら、その時は好きにするがいい。死ぬなら死ね。その大切な指輪を胸に抱いてな」

そう。提案はこれで全部。

「よく考えてみろ。もちろん、約束どおり指輪は取り戻してやる」

ひとまず、話を終えて俺は牢獄から出た。

ミリネというその女を救う。

それがジントを得るための唯一の方法！

まず、最優先となるのは指輪だ。

俺は指輪を取り戻すために上の階へと向かった。

牢獄は地下にあり、看守たちは通常一階で待機している。

そこで賭場を開いているか居眠りしてるか、まあそんなところだ。

「ところで、さっき貴族に呼ばれて出ていった看守はどこだ？」

「さあな。外にでも出たんだろ。金を貰って何か頼まれたとか？」

「さすが貴族だな。俺が行くんだった。捕虜のやつはこんな安物の指輪しか持っていなかったのに」

兵士はふたりだ。

幸いにも指輪はまだ持っている模様。

交代時間まではまだ先が長そうだ。

「そこのふたり。ちょっといいか？」

「あんたは！」

「どど、どうやって外に！」

驚いて立ち上がるふたりに向かってすぐに［攻撃］コマンドを実行した。

ズドッ！

バタンッ！

兵士を殴り倒して気絶させた後、指輪を奪い取って外へ出た。

時間になったから。

ジントはジント、歴史は歴史だ。

歴史的な出来事が起こる時間。

俺の知る歴史が変わっていなければ！

プォオオオン！

その瞬間、騒々しいラッパの音が聞こえてきた。
このラッパの音は敵を見つけたという合図。
俺はすぐに牢獄を抜けだして外へ出た。
兵士たちは緊急事態に慌てていた。
リノン城に一般領民はいない。全員が避難した状態だ。
ルナン王国軍の指揮官の軍服を着ている俺を止める者はいなかった。
比較的自由に動けたため、城門に登って敵軍の規模を確認した。

［ナルヤ王国軍：10213人］
［リノン城の駐屯《ちゅうとん》軍：23410人］

兵力はリノン城の方が圧倒的に多い。
いや、それ以前にナルヤ王国軍の数が少なすぎる。
こんな状況で一日にしてリノン城を奪われるとは。

もちろん、ナルヤ王国軍の訓練度は80。

リノン城の駐屯軍の訓練度は40だ。

だが、守城戦は絶対的に有利である。それは戦争の常識。

いくら訓練度が低くても、ヘイナが城門を開けて降伏しない限り一週間は持ちこたえられる数値。

「おい！　これはどういうことだ」

俺は貴族の軍服を着ていたため、兵士はすぐに気をつけの姿勢で答えた。

「わかりません。ガネン城が陥落したので警戒態勢を強化しろと言われただけで、詳しいことは……。参謀が全員集合させたのでどうぞそちらへ！」

ナルヤ王国軍は一体どうやってこの兵力の差を埋めてリノン城を占領するというのか。

「攻撃だ！　敵の攻撃だ！」

すぐにナルヤ王国軍がリノン城の城門を攻撃し始めた。どうやら俺が立っている南門ではなく北門を攻撃しているようだ。

ガゴンッ――！

攻城兵器の破城槌《はじょうつい》で城門を激しく攻撃する音。

攻城よりも有利なのが守城！

予想どおりリノン城の駐屯軍が有利な戦いが始まった。

この状態でリノン城がすぐに陥落することはありえない。

そんなことを思っていた刹那。

状況が急変した。

西門で喊声が沸き起こったのだ。

――ウォォォオオッ！

喊声と共に突然城内で戦闘が始まったのだ。

城外の敵が北門に攻撃を集中させたことで、ヘイナも偵察兵を配置して北門に兵力を集中させていた。

そのため、西門の兵力はかなり少ない状態。

そんな状況で急に城内に敵兵が出現した！

西門はたちまち占領されて門が開けられてしまった。

激戦地は北門だったが、まったく意外な方向から開けられた城門。

敵軍が城の内部から飛び出してきたのだ！

正確にはリノン城の地下水路、その入口から敵が出てくるところだった。

地下水路を利用するだと？

不可能だ！

城内へ水が流れ込む取水口は鉄格子《てつごうし》で塞いである。人が入ってくることはできない。

通れるのは水か魚くらいだ。

その鉄格子を取りはらおうとすれば、作業者で当然ばれる。

一体どうしてこんなことが？
いや、まさか。
そうだ。ヘイナが城を不在にした時！
ヘイナが城を空けた間に作業していたとすれば？
俺がずっとおかしいと思っていた補給基地への奇襲。
それこそが囮だったのだ！
堂々と迂回路を通じて送りこんできた偵察隊。
その偵察隊もやはり囮。
偵察隊だけでなく奇襲そのものも囮だった。
捨て駒部隊だったということ。
本当の狙いは奇襲により狼狽した参謀ヘイナがリノン城を空けるように仕向けること。
参謀がリノン城を不在にした隙にリノン城への侵入経路を作ったのか？
訓練度４０に士気が３０にもならない王国軍だ。
リノン城の軍隊は酷いレベル。
そんな状況で兵力を率いたヘイナが大挙して城を出ていたら？
当然、警戒は緩むだろう。
その間に何か詐術《さじゅつ》や作戦を展開して地下水路の鉄格子をぶち抜き侵入していたら？
方法はさまざまだ。

ヘイナが城を空けたのが敗着だった。

リノン城の門は固く閉ざされていても、参謀が指揮官級の武将を全員連れだした瞬間、すでに敵が潜入していたということだ。

そういえば、あの囮作戦の始まりはエイントリアンだった。

エイントリアンを攻撃することでハナン王国軍の耳目を集めて、実際には本隊が北から侵攻する作戦。

それと似たような戦略！

これはすべてナルヤ王国軍の策士が作り出した筋書き。

我われの参謀ヘイナを手のひらで転がしているということ。

どうやらナルヤ王国には相当優れた策士がいる模様だった。

ヘイナを手玉に取るほど知力の高い策士が！

……よし。まあ、いい。

とにかく想定の範囲内だ。

それなら、これからの歴史を変える。

どうせ歴史にあるように陥落するなら。

リノン城を陥落させるための方法が何かはわからなかったが、リノン城を取り戻すための戦略はすでに立ててあった。

ギリシャ神話に登場するトロイの木馬のような作戦といおうか。

決意を固めた俺はひとまず牢獄に戻った。

*

「この金塊を持っていけ。よりによって、戦争が勃発した後に母親の危急を知らされて会いにも行けずに、詳しい状況はわからないんだろ？　この戦時中に薬を買い与えてくれる人などいなかったはずだ。どうせ脱営するなら最善を尽くして戻ってこい」

ユセンはエルヒンが持たせてくれた金塊を眺めた。母親の薬代だった。戦争が起こってなおさら薬を手に入れにくい状況。

実際にユセンの母親は薬が手に入らなくて死にかけていた。

さらに、エルヒンはエイントリアン伯爵家の家臣の証を与えた。つまり、首都で薬を入手するときに使えという意味だった。

貴族の家名があれば一般民衆には手に入らない薬材も処方してもらえる。

ユセンはその厚意を拒むことができなかった。

独り身で自分を育ててくれた母親の命がかかっているからだ。

そして。

結果的に母親は助かった。

すべてエルヒンのおかげだった。

彼が与えてくれた金塊と貴族の家名が母親を助けたのだ。

つまり、ユセンにとってのエルヒンは、戦闘で自分の命を救ってくれただけでなく、母親の命まで救ってくれた恩人の中の恩人だった。

そんな恩人を助けるために命を捨てるのは当然のことだった。

そのため、エルヒンがリノン城の牢獄に連行された後、リノン城が攻撃を受けたという知らせを聞くなり部隊を飛び出した。

そんなユセンの後をついてくる人物がいた。ギブンだ。

「隊長……！　待ってください！　ひとりで行くなんて！」

「ギブン？　なぜ、お前まで部隊を出てきたんだ！」

「私だけでも隊長についていかないと！　心配いりませんよ。他のやつらには部隊に残るよう言ってあります。それが指揮官の命令でもあったので」

喉も張《は》り裂《さ》けんばかりの大声でようやくユセンを止めたギブンがしゃがれ声でそのように言うと、ユセンは首を傾げた。

「指揮官の命令だと？」

「ククッ。隊長にもお伝えする命令があります。これを」

ギブンはにやりと笑って懐から手紙を取り出した。

「指揮官からの手紙です。これを渡すために後を追ってきました」

「俺に手紙を……？」

ユセンは驚いてその手紙を読み始めた。

そして、ハンマーで頭を殴られたような衝撃に包まれた。

＊

暗くなったリノン城内。

幸いにも雲ひとつない空。

俺とジントはどさくさに紛れて牢獄を抜け出し、都市の小さな神殿の地下にある秘密空間に隠れていた。

リノン城へ行く前にリノン城出身の兵士に隠れられそうな場所を訊いて回った。

そんな中、神殿の管理をしていた兵士がいい場所を教えてくれた。

リノン城を占領したばかりのナルヤ王国軍が現地人よりも地理に詳しいはずがない。

なんと数千年前に造られた施設だという。

すべて、あらかじめ準備しておいた作戦だ。

神殿の地下に隠れたまま夜更けになるのを待って路上へ移動した。

そして、哨兵《しょうへい》を避けて空を観察する。

リノン城が占有された日の夜。

敵兵が休息をとっている頃。

雲ひとつない空では月がほのぼのと照っていた。

それなりに体系的な計算法もあった。

ギブンから教わった計算法によると今は午前3時頃。

もちろん時計ほど正確ではないが、ギブンも月の位置で時間を計算するだろうから、どのみち互いに把握する時間は同じはず。

ユセンとギブンにあらかじめ与えていた任務の開始時間は1時頃。

そこから約2時間経った。

ふたりが約束どおりに動いてくれていれば、俺もゆっくりはしていられない時間。

水路から出てきて走っていきシステムを確認すると、34人の兵士が北門を守っていた。北門の城壁の上に30人。そして、城門の前に4人。

「ジント」

相変わらずジントの表情に変化はなかった。ただ、俺の後についてくるだけ。俺が約束を守る男であることを隣で見ておけという言葉を受け入れたのか、ジントはそれ以降は死ぬという言葉を口にすることなく俺についてまわった。そうはいっても、いつ死んでも構わないというように、取り返した指輪をぎゅっと握って力なく歩くだけ。

「俺が今何をしようとしているのか気にならないか?」

「逃げようとしているんだろ?」

まあ、それもある。最後の選択肢は逃げるだ。

命は捨てられないから。

「いいや。たとえ逃げることになろうとも、その前にこの城を奪い返すつもりだ」

「……あんた、正気か？　どうやってひとりでこの城を奪い返すっていうんだ」

「奇跡で？」

俺が肩を聳やかすとジントは奇妙な目つきで訊いた。

「何だよ、それ！」

「実は、君の属する偵察隊の動きからにいくつか推測をしていたんだ。特に君が属する偵察隊があまりに怪しかった」

「何だと？」

「すでに地形の偵察と補給基地の位置の把握までしておきながら、君たちを補給部隊の手前まで送りこんだ理由は何だと思う？」

「知るかよ。命令に従っただけだからな」

「だからやられるんだ。ナルヤのやつらは初めから君の属する偵察隊を捨てるつもりだった。我われに情報を与えるためにな。まあ、いくつか方法はあっただろう。そこまでは知らないが。ナルヤ軍の上のやつらが君を捨て駒として使ったのは確かだ。君ほどの優秀な人材をな。まったく、呆れたもんだ」

「……どうせ、あの国は初めから何もしてくれなかった。今さら驚かないね」

ジントは別に驚くことでもないというように答えた。

「まあ、そうだな。とにかく、俺は怪しいと思っていた。奇襲作戦を阻止しても、そこがどうも腑に落ちなかったんだ。だが、このリノン城の陥落作戦を見て敵の策士の考えに確信が持てた。俺は今からその戦略をぶち壊す。それが俺の力に対する証明だ」

「何っ？」

「それに、君が考えても不可能に思えるこの証明を成し遂げた時には、君と、君の女を救って幸せに暮らせるようにしてやるという話も本当で、それが十分に可能なことであるというのをわかってくれるといいが」

「……」

死んで彼女を守ると言ってはいるが、できることなら生きて一緒に幸せになりたいと望むのは人間ならば当然なこと。

「それで、何をどうするつもりだ」

「まあ、簡単さ。北門に突撃するだけでいい。そして、あの門を開ける。門を開ける第一目標は少なくとも逃亡ではない！」

「城内のナルヤ軍は少なくとも1万人はいる。一体どんな奇跡を起こすっていうんだ」

俺は彼の質問には答えず北門に向かって駆け出した。行動で証明すればいいことだ。

「誰だ！　所属を明かせ！」

城門の上の兵士たちが声を上げたが、俺はそれを無視したまま門に向かって突っ走った。その後ろをついてくるジントが訊く。

「ミリネが俺はまぬけだって。だから無暗《むやみ》に行動するなと言われたさ。あんたを助けることが正しいことなのか俺にはわからない。そしたら、本当に幸せになれるのか？」

「なれる。俺についてくれれば最下層の暮らしなんかとはおさらばだ。今から起こる奇跡に比べたら、君の幸せなどいとも簡単に叶えてやれるからな。それは君の幸せでもあるが、君の彼女の幸せでもある。俺を信じろ。そして、奇跡を信じるんだ！」

プォオオオン！

奇襲を感知した兵士が城楼《じょうろう》の上でラッパを吹き始めた。もう少しすれば四方から兵士たちが押し寄せてくるだろう。

［スキル：一掃］を使って城門の下の４人の兵士を一瞬にして制圧した後、俺とジントは城門の前に到着した。

そして、城門の内側にある長い棒状の閂《かんぬき》をはずす。

「敵だー！」

すると、城楼にいた３０人の兵士たちが次から次へと下りてきた。

「ジント！　城門を空けるまでの間、力を貸してくれないか？」

「……」

だが、答えない。

肯定も否定もしない。

まあ、いずれにせよジントがいないことを想定して立てた作戦だ。

ひとりでやるしかない！

ひとまず、俺は城楼から下りてきた兵士の相手から始めた。

敵兵に背を向けたまま城門を開けるのは殺してくれと言っているも同然だから。

「敵だ！　城門を開けようとしているぞ！　すぐに、あいつらを殺せ！」

３０人の敵兵を切り倒してようやく城門へ戻ろうとすると、反対側にいた兵士たちも城楼から下り始めた。

彼らを相手しようとすると。

一番近くで寝ていた歩兵隊が群がってきた。

兵士の数は１００人を優に超えている。

俺ひとりで戦ったおかげでジントに動きはなかった。

何をそんなに悩んでいるのか、混乱した顔で瞳をきょろきょろ動かすだけだった。

他のことに気を取られているように。

ポイントはまだ残っている。

そこで、向かってくる兵士に［スキル］［一掃］を発動した。

群れになって走ってくる敵にはかなり有用なスキル。

城門を破壊できるほどの威力を持つスキルではないというのが難点だが、基本スキルはどれもそんなもんだ。

ドカーン――！

それでも殺傷力はある。大きな爆発音と共に範囲内の兵士たちは吹き飛んでいった。

問題は、それでも兵士たちは押し寄せてくるということだが。

ひとまずスキルで少し時間を稼いだ。

俺は振り返って城門を開け始めた。

ギィイイイ――――！

門がはずれた城門を開けるのはそれほど難しいことではなかった。通常、兵士がふたりがかりで開け閉めする門だ。だから、ひとりだとその分大変だが。

結果的に門を開けることに成功した。

それと同時に敵が目前まで迫ってきていた。

［攻撃］コマンド。

［攻撃］コマンド。

俺はシステムに依存して敵を斬り倒し始めた。

城門を開けて、その場で敵を迎える。

城門の入口は狭い。

だから、包囲されるような状態は防げたが、次第に手に負えなくなってきた。

［攻撃］コマンドを避けた敵の刀が俺の腕をかすめた瞬間、血が飛び散った。

「くっっ……」

ジントに視線を向けたが、彼は完全に城門の外へ出て高みの見物を決め込んでいる。

俺は流れる血を見ながら仕方なく［特典］を発動した。

目の前にいるのは武力の低い兵士ばかりだが、人数が多いためこれ以上は持ちこたえられそうになかったからだ。

武力61の武将が数百人の兵士を相手に勝てるはずがない。

だが、武力が91となれば話は変わってくる！

［攻撃］コマンドを使いまくれば、大通連は目に見えない速さで敵を斬り倒した。

問題は時間が経つにつれて敵兵の数が増えるということ。

だが、あと少しだ。

ユセンとギブンが作戦どおりに動いてくれているならば、あと少し持ちこたえればいい！

だから、俺は大通連を振り回しながら開いた城門の前で踏ん張り血戦を繰り広げた。

「本当に奇跡を起こせるのか？」

そんな中、俺の戦いをじっと見守っていたジントが後ろから質問を投げてきた。

「俺もあんたみたいに戦ったことがあった。ミリネを取り戻すために。そして、奇跡が起きてミリネを救い出すことができた。あんたの戦う姿を見て、あの時を思い出したんだ。見ていると体が助けろと言う。奇跡のためにこんなにも身を挺《てい》して戦える男なら、一度信じて見ろと！　指輪を取り戻すという約束を守ったように、本当に俺とミリネの幸せを作ってくれるのか？」

「任せろ。ここで奇跡を起こす。君とミリネにも。それが俺の約束したことだ！」

そう叫ぶと。

後ろにいたジントが俺の前へ飛び出した。

地面に積もる死体の山と狭い城門の入口のおかげで敵の動きが少し鈍ってきた隙を突いて、敵兵の剣を拾い上げ参戦したのだった。

「その約束を守ってくれるなら俺は何でもする。ミリネと一緒に幸せになれるなら、すべてを捧げてもいい。だから、一度だけ信じてみるよ。そして、見せてもらう。この状況から一体どうやってあんたが奇跡を起こすのかを！」

くぁあああああっ——！

ジントが剣を振り回す。

次々に敵を斬り倒していくジントの剣。

武力値９３だ。

この世界でも断然トップに入れる凄まじい能力の所有者！

「だから、ミリネの幸せのために……お前らは全員死ねーっ！」

その瞬間、戦鬼が戦場で暴れ出した。

いとも簡単に百人の兵士を相手にとるジント！

血の噴水が湧き上る。

月明かりの下でほとばしる血の饗宴《きょうえん》。

無数に転がり落ちる敵兵の首。

抜剣後、すべて一撃で切り裂いてしまうパワー。

そして、速度の次元が違う剣技。

これこそ百人力だ！

笑いが込み上げた。そうだ。

これが逸材だ。こういうのが逸材だ。天下統一のために必要な優秀な人材。

興奮して胸が熱くなってきた。

さらに、ジントはスキルを使わずにいた。

この世界で武力数値が９３ということはそれだけマナを貯め込んでいるという証拠。

使い方を知らないのだろうか？

もちろん、スピードとパワーにはすでに蓄積されたマナが宿っているということだが、武器を通じてそれを発するスキルを使わずにいたのだ。

まあ、それは後で聞くことだ。

ジントは、普通の攻撃だけで体を回転させながら次々に兵士の腹と首を斬っていった。

まるで死神のように敵を殺戮するジント。細かい傷を受けても急所への攻撃は絶対に許さない鉄壁の身のこなし。

おかげで俺に向かってくる敵の数が減った。

いっそう余裕を持って城門の前を守ることができた。

たったひとりの参戦だが、その武力が93ともなれば話は違う。

その力に対抗できる兵士などここにはいなかった。

彼の剣からは陽炎のような謎の煙が立ち上った。

それがまさにマナだ！

リノン城の内部では大きなラッパの音が鳴り響き、時間が経つにつれて大勢の兵士が群がり始めた。

一番近くにいた100人単位の兵士を通り越して1000人単位で押し寄せてきた。

「ジント、一緒に戦うんだ！」

「一緒に？」

俺は城門の前を空けてジントの隣へ走った。

時間稼ぎは終わりだ。

奇跡が起こらないなら、ユセンにまいた種に狂いが生じたということ。

そうなると作戦は失敗だ。

奇跡が起こるなら、もうそろそろのはずだった。

「どうした。今まで互いに背中合わせで一緒に戦ってくれた人がいなかったか？　生死をかけてふたりで敵に立ち向かうなんて面白いと思わないか？　俺は最高に面白いと思うが。クッハハハハッ！」

狂ったように笑いながらジントと動きを合わせた。すぐにふたりの殺戮戦《さつりくせん》が城門の前を血で彩り始める。すでにジントが流れる川のように血で濡らしておいた地面の上で俺も特典を活用しながら敵を斬りまくった。

そのように斬り倒した兵士が５００人を超えたころ。

城門の外から地面を力強く蹴る馬蹄《ばてい》の音が聞こえてきた。

登場したのはルナン王国の象徴である青い軍服を着た騎兵隊！

そう。幸いにも奇跡は起こった。

ユセンが計画どおりに動いてくれたという話！

城門に入ってきた騎兵隊の先頭にいる男が敵兵に向かって槍を振り回した。

すると、槍から光が迸《ほとばし》った。

押し寄せてきていた敵兵の頭の上！

まるで死神の鎌でも薙《な》ぎ払《はら》われたかのように、数百人の首が光と共に空に跳ね上がる。

その瞬間、空には数百人の首から吹き出る血で噴水ができあがった。

「君がエルヒン伯爵か？」

あまりにも強力なマナスキル。

作戦がうまくいけば、開けておいた城門へと我が軍が入ってくるということは信じて疑わなかったが。

現れた男は少し予想外だった。

［エルヒート・デマシン］
［年齢：４２］
［武力：９６］
［知力：７０］
［指揮：９２］

ルナン王国の第一武将。鬼槍《きそう》のエルヒート！

ナルヤにナルヤ十武将がいるなら、エルヒートはあの腐りきったルナン王国で唯一高名だった男だ。

ハナン王国軍総大将ローネン公爵の右腕であり、ゲームの歴史では王宮を守護しろという彼の命令で、最後までひとり王宮を守って立ったまま死んだという。

「君の奮戦に敬意を表する。ここからはこのエルヒートが手伝おう！」

エルヒートはそのように叫ぶと敵に向かって突進した。

ぐぁあああっ――！

彼が槍を振り回す度に多くの兵士が倒れていった。

武力９６はそれだけすごい数値。

さらに、彼の後に続く騎兵隊も他のルナン王国軍とは訓練度と士気がまったく違った。

「……これがあんたの言う奇跡か？」

その姿を見て、今もなお俺と背を合わせていたジントがぼそっと呟いた。

「まあ、奇跡ってのはいろいろあるからな」

俺は肩を聳やかせてにやりと笑った。

＊

リノン城の陥落直後。

エルヒンが牢獄で待機しているころ。

「総大将！　総大将！」

ベルン領の領主ジェンドが慌ただしくベルン城の会議室に駆けこんできた。どれだけ走ってきたのか、彼はしばらく息を切らせていた。

「大変です！　リ、リノン城が陥落しました！」

ベルン城主からの死刑宣告のような報告に、総大将のローネンは酷いめまいに襲われながらもなんとか机を摑《つか》み体を支えた。

「総大将！」

「ヘイナは……！　リノン城を守らずに一体何をしていたんだ！」

「参謀長は残った兵力を率いて後方へ退却中との情報を伝書鳩が運んできました」

「リノン城も守れずに退却だと？」

ローネンが両手のひらを机に叩きつけながら声を荒らげた。

もはやベルン城の問題ではなかった。ガネン城とリノン城を奪われたならベルン城は孤立する。後ろにリノン城がなければ兵糧すら自由に補給できなくなるのだから。

「こんなふうに敵に倒れてどうする！　ルナン王国の未来はどうするというのだ！」

最悪の事態に暗澹《あんたん》とするローネンの愚痴《ぐち》を聞いていた側近が慎重に退却を提案した。

「ひとまず、ベルン城から退却した方がよいかと……。このままでは孤立してしまいます。我われが孤立したらこの国は本当におしまいです。敵の態勢が整う前に王都の関所に退却して態勢を立て直すべきではないでしょうか！」

「その方法しかないのか……」

総大将のローネンは首を横に振った。だが、確かにこのまま躊躇《ちゅうちょ》していたら退却すら難しくなる。むしろ、敵がベルン城を孤立させた後に王都へ進撃すれば、本当に何もできずにすべてを奪われかねない。

「……退却の準備を進めろ」

だから、ローネンが下せる決断はただひとつ。

総大将のローネンが率いるのは自分の私兵だった。

大領主であるローネン公爵家の数ある領地屈指の精鋭兵。

ルナン王国唯一の精鋭兵でもあった。

もちろん、この精鋭兵を作った目的は戦争ではなく権力維持にあったのだが。

戦争を考えていれば、規模が小さい精鋭兵ではなく大規模の軍隊を育てていたはず。

とにかく、そのローネン公爵も王国を守るために決死の覚悟で自分の軍隊を率いてきたが、それを見抜いていた敵はベルン城を残しガネン城とリノン城を乗っ取った。

リノン城とベルン城は隣接している。

そのため、一刻でも遅れれば敵の手中で孤立しかねない。

ローネンはベルン城を捨てリノン城を通り越し、王都まで退却する計画を立てた。

とにかく、よく訓練された唯一の部隊であるため急速に退却を始めた。そして、リノン領地を通過しだした頃。

部隊の前に立ちふさがる者が現れた。ユセンだ。

「誰だ！」

同じ軍服だったが怪しい動きを見せたユセンはすぐに拘束された。

所属を明かしたユセンは重要な話があるためローネンに会わせてほしいと懇請《こんせい》した。

もちろん、一介の百人隊長が総大将に会わせてほしいなどとんでもないことだ。

「お前は、ユセンか？」

運よくユセンに気づいた指揮官がいた。２０年も軍にいた彼だから起きた幸運。

「指揮官！」

「お前がなぜここにいる」

「リノン城の奪還のことで重要なお話があります。一刻を争うので総大将に直接ご説明させていただけないでしょうか！」

「リノン城の奪還？　それは一体……」

指揮官は返事を濁したが、ユセンはそれでもなお指揮官に取《と》り縋《すが》った。

「必ずご確認いただきたいんです。お会いできないようでしたら諦めます。ですから、どうか伝言だけでも！」

「ふむ……。リノン城の奪還に関することなら無視はできないな。少し待ってろ」

ユセンに気づいた指揮官は首をうなずくと、総大将にこの事実を報告した。

「総大将！　我が軍の百人隊長がリノン城のことで至急お伝えすることがあると。身元は確実です。重要な急報のようで総大将との直接会談を強く望んでいます。私のかつての部下ですが、ほらを吹くようなやつではありません。リノン城の奪還に関することのようですが、いかがいたしましょう」

「リノン城の奪還？　まさか、ヘイナが何か計策でも思いついたのか？」

「一刻を争うので直接お話させてほしいとのことです」

「すぐに連れてこい！」

平時なら起こるはずのないことも、この状況なら話は別だ。

王都でそれも平民に話があると行く手を遮られることでもあれば、すぐにその首を断ち切っていたローネンだが、今は違った。

すぐにユセンはローネンの前へ呼び出された。

総大将と顔を合わせるなり、ユセンはすぐに跪き地面に頭を打ちつけて叫んだ。

「総大将！　乱入して申し訳ありませんが、急報です！」

「何だ、話してみろ」

ローネンの許可が下りるとユセンはすぐに説明を始めた。

「補給部隊の指揮官エイントリアン伯爵がリノン城で戦闘中です。エイントリアン伯爵が、この時間帯に総大将がリノン城を通過するから直接会ってお伝えするようにと」

「何？　エイントリアン伯爵？」

ヘイナではなくエルヒン？

まったく思いもよらぬ人物。無能で知られていたため、ヘイナに始末するよう言った人物の名前が出てくるとローネンは首を傾げた。

「その者が、俺が今この時にここを通ることを予測していただと？」

「左様でございます！」

ガネン城とリノン城が陥落したという知らせを聞けば、当然孤立を避けるために急いで王都の関所へ移動するであろうという予測。

それはエルヒンが、リノン城が陥落するという歴史を知っていたため十分に予想できることだった。

そして、エルヒンのその予想は的中した。

「戦闘中というのは、一体？」

「それが……。エイントリアン伯爵がひとりでリノン城に潜入しています。勝利に酔った敵の大半が眠りについた夜中を狙って、北門を開けるとのことです！」

「貴様！　何訳のわからないことを言っておる！」

そのとんでもない話にローネン公爵は怒鳴りつけた。

いくら夜中とはいえ警戒兵はいる。すぐに目を覚まして防御にあたるだろう。それが当然のこと。それは、少なくとも数千人の敵を相手に門を開けるというのも同然だった。

もちろん、信じられない話だ。

「貴様、まさかリノン城に我が軍を誘い込もうとする敵の回し者か？」

ローネンは、むしろユセンを疑って声を荒げた。

「とんでもございません。私はルナン王国を守るために生涯軍に身を置いて生きてきました。疑いをかけられて命を落とすことになっても構いません。ですが、エイントリアン伯爵の命がけの戦闘を無駄にしないためにも、開放された城門に兵士を送っていただきたいのです。それがエイントリアン伯爵の作戦です。ここに手紙があります。どうか、門が開いたかだけでもご確認いただけないでしょうか！」

ユセンは手紙を差し出しながら血を吐くような思いで叫んだ。地面に頭を打ちつけすぎて額《ひたい》からは血が流れている。

ローネンはひとまずその手紙を読んだ。手紙には今回の作戦について書かれていたが、依然《いぜん》として信じられなかった。

門を開けてひとり奮戦するなんて絶対に不可能なことだ。

「エイントリアン伯爵はマナの使い手です。門を開けることに成功していれば、しばらくは持ちこたえられます」

ユセンは自分が見たエルヒンの武力を想起しながらそのように主張した。命を捨ててでも、ここで自決することになろうとも、エルヒンの意を伝えるつもりだった。それがせめてもの恩返しだと思っていた。

「エイントリアン伯爵がマナの使い手だなんて、そんなばかな……！」

ローネンが呆れた顔でそう言うと、黙って聞いていたエルヒートが口を開いた。

「ですが、総大将！　本当に門が開いていれば……。この機会を逃すわけにはいきません。門を開けるために死闘を繰り広げたその者の忠誠心も無駄にするわけには！」

「はて……。エルヒンにまつわる噂が間違っているのか？」

ローネンが首を傾げると、ユセンはここぞとばかりに念を押して懇請した。

「どうか、ご確認だけでも！　門を開けることに成功していれば、手紙にあるとおり十分にリノン城の奪還を狙える状況です！」

「まあ。それはそうだな……」

ローネンはあごを触りながらうなずいた。

敵が門を開けて罠を張る可能性。つまり、ユセンが敵の回し者である可能性に悩んだが、その可能性は少なそうだった。

敵はすでにリノン城を奪還した。籠城《ろうじょうせん》戦をするだけでいい有利な立場で門を開放してルナンの精鋭兵を呼び入れる？

いくら城内の敵軍が弓で武装していても、我が軍の数がはるかに多いから意味がない。門を開けた瞬間、敵は危険に陥るのだ。

敵がそんな無謀な戦略を使えば、それはむしろリノン城を奪還できるチャンス。

「私が門を確認してきます。突撃隊を100人だけご準備いただけますか。門が開いていた場合には狼煙を上げてお知らせします」

ユセンの話を真剣に聞いていたエルヒートがそのように提案した。

本当にそんな死闘を繰り広げているのであれば、作戦がうまくいかなくとも仲間を救うことが同じルナンの武将としてやるべきことだと思ったのだ。

部下をここまで命がけで懇請させるほどの男なら、信用できるとも思った。

「それに、本当にマナを自在に操れる者ならこの戦争に必要です」

エルヒートの提案にローネンはしばらく考えてからうなずいた。やってみるだけの価値はあると思ったからだ。門が閉まっていれば、既存の方針どおり王都に向かって進軍し続ければいいだけ。

「わかった。すぐに行ってみろ！」

「かしこまりました！」

エルヒートを見送ったローネンは全兵力に進軍を命令した。

「ひとまず、リノン城に向かって進軍するぞ！」

＊

ローネン公爵はベルン城を捨てて恥辱的な後退をする。

そして、その軍隊は敵の手に落ちたリノン城を通り過ぎて逃げるのに夢中だった。

それがゲームの中の歴史。

その兵力はリノン城の奪還のためにどうしても必要な数値だった。

だから、ユセンにすべてをかけたのだ。

もちろん、一番いいのはローネン公爵がリノン城に攻撃を始めたところに俺が登場して門を開けるという方法。

そうすれば、味方が来るまで城門を開けたまま命がけで奮戦する必要はなくなる。

だが、俺の話を信じてリノン城を攻撃してくれるだけの信頼が俺にはない。

だから、事前に門を開けておいてそれを公爵自身に確認させる必要があったのだ。

それが今回の作戦の核心！

「ひとまず戦いを続ける。まだ、リノン城を取り戻したわけではないからな！」

俺はジントにそう声をかけながら、［攻撃］コマンドを操作する手を休めなかった。

ジントとエルヒート、そして俺。

武力が９０を超えるA級３人で戦場を牛耳ると敵の勢いはだいぶ削れた。

「貴様ら、一体何者なんだ！　その程度の兵力でよくも！　すぐにあいつらを始末して城門を閉めろ！　さっさとしないか！」

敵の指揮官がそのように命令を下した。

それほど優れた能力値ではない。エルヒートやジントの武力には及ばない数値。

だが、兵力は相変わらず敵の方が多いのは事実。

「全員、城門に集まれ！　副大将もこちらに来ていただけますか！」

エルヒートと兵力を集結させ、城門で敵の攻撃に耐え忍ぶつもりだった。エルヒートがここへ来たということ自体が、結局は時間の問題ということだから。

「そうしようじゃないか！」

敵の首を取っていたエルヒートがうなずき、我が軍は城門の前方に集結した。そんな俺たちを敵兵が一気に取り囲む。

１万人を超える全兵力が目を覚ました模様。

城門の前でジントとエルヒートが敵兵を殺戮していたが、その周りはすでに敵兵で埋めつくされた状態だった。

「もしや、何か考えでもあるのか？」

「はい。私が送った部下のユセンが間違いなく作戦を伝達していれば、こうして敵が密集した状態はむしろ好都合です。狙いやすいですから」

「そういうことか」

エルヒートが興味深いというように言った。

「あいつらを全員殺して俺が総大将の戦功を超えてやる。クッハハハハ！」

その瞬間にも敵の指揮官は浮かれて叫びだした。

「冗談じゃない。城壁を見上げてみろ！」

俺がそのように声を上げた瞬間。

城壁の上が明るくなる。我が軍の兵士たちが松明を灯したのだった。

これがユセンに伝達を頼んだ俺の最後の作戦。

すぐに矢の雨が敵をめがけて降り注いだ。

城内は壮絶な悲鳴に包まれる。

敵軍はなす術もなく矢の雨の犠牲となった。


「攻撃開始！」


間もなくして。

開かれた城門から騎兵隊が突入してきた。

攻撃命令を出したのは、ルナン王国の総大将ローネン公爵だ。

敵の鏖殺《おうさつ》が目前に迫った瞬間！

夜明けを迎えたリノン城は、そうして再びルナン王国の所有となったのであった。

＊

ルナン王国の王都では王が暴れていた。

「無能なやつらめ。こんなふうに敗北するなら、最初から降伏すればよかったんじゃないか？」

リノン城陥落の知らせが入ってきてからは不安で夜通し怒鳴り散らしている。

「このままではならん。ここは危険すぎる。王都を捨てて南部の領地に行くぞ」

王の言葉にボルデ伯爵が反対に乗り出した。

「陛下。ルナン王国で一番安全な場所はここ王都です。他へ避難したところで……。それに、まだ合流していない南部領地の兵力もある上に、同盟国にも要請しておいたので、王都から動かない方が……」

「黙らんか！　俺様が生きてこそ、この国が生き残れるのだ！」

だが、王は自分の命しか考えていなかった。領土を奪われても自分さえ助かればいいということ。

「ローネンのやつめ。守れると言っておきながら。何が鬼槍のエルヒートだ、情けない。すぐに退避する準備をしろ。急げ！」

王は急いで玉座から下りてきては跳ね回りだした。

そんな中、王室の親衛隊長が勢いよく駆け込んできた。

「へっ、陛下！」

「今度は何だ。まさか……。もう王都が危ないなんて言わないだろうな！」

親衛隊長が駆けつけてきたということ。

それは前線から報告があったということだ。

王は顔を真っ青にして叫んだ。

「陛下、朗報です！　報告によるとリノン城を奪還した模様です！」

「何？」

がたがた震えていた王の表情が変わった。

謁見の間に集まっていた他の貴族たちも全員同じ状況。

「陥落したばかりで奪還？　リノン城の陥落は誤報だったということか？」

王が言葉を失い瞬きばかりしていると、ボルデ伯爵が親衛隊長に向かって訊いた。

「そうではありません。陥落した城を奪還したのはエイントリアン伯爵の力だったという戦勝報告が上がってきています！」

親衛隊長が報告書を差し出すと王はそれを受け取り読み始めた。王はすぐに表情を緩めると豪快に笑いだした。

「プッハッハッハ、プッハハハッ！　これを見よ！　これを！」

貴族たちに向かってそう叫びながら王は笑い続けた。

「どうだ！　俺様が召喚したエイントリアン伯爵がリノン城を奪還したという報告だ！　悪評高いことを理由に反対していたやつら！　これでも反対するか？　プッハハハハ！　俺様の目に狂いはなかった！」

エルヒンの召喚は確かに王の独断だった。

今しも王都を捨てて逃げようとしていた王だったが、今度はうかれて駆け回りだした。

「こうしている場合ではない。今すぐエイントリアン伯爵を王国軍の参謀にするよう伝えろ！　急ぐんだ！」

国をこんな状態にした主犯は紛れもなく王自身だったが、勝利が自分の手柄であるかのように、そう命令したのだった。

＊

ルナン王国軍序列第3位の参謀！

リノン城奪還の功労により、俺は参謀の座に就いた。

ヘイナは解任された。

最後まで俺を抗命罪で処罰してほしいとローネンに訴えていたが無駄だった。

俺が跪いて抗命罪を認めるとローネンは王の命だとして罪を問わないことにしたのだ。

ついに、邪魔者のいない状態で軍全体を動かしナルヤ王国軍と戦えるようになった！

当然、目標は一刻も早くナルヤ王国軍を撃退すること。

そうすれば、ひとまず時間ができる。

どんな国であれ、一度戦争が終わった後に再び戦争を起こすまでには時間を要する。

補給物資の問題もある上に兵力の充員や訓練も必要だから。

ゲームの歴史では、ナルヤ王国軍がルナン王国を征伐《せいばつ》した後、再びナルヤの王によって大征伐が繰り広げられるまでに1年という時間がかかった。

ゲームは、ルナン王国の滅亡から1年後のナルヤの大征伐から始まっていた。

それまでに育てたナルヤ王国軍は膨大な数の兵力。

天下統一を志して起こした大征伐。

ナルヤの王は即位して間もない。数十万の大軍を強兵にするには当然時間が必要だ。

だから、今回の戦争を終えたらエイントリアンの力を育てる時間ができる。

リノン城奪還の時に確認したところ、敵には十武将が参戦していなかった。

敵はなぜか北方からの侵攻に十武将を帯同していなかったのだ。

「おそらくナルヤの王が試しているのだろう。あんな実験的な性質を持つ侵略軍に倒れたのは恥ずかしいことだが、これを機に陛下も戦争に備えることをお考えになられるはずだ。同盟国もナルヤの野心に気づいただろうから説得できる。つまり今回の危機さえ乗り越えればいい！」

ローネンにその理由を訊くと、こんな推測が返ってきた。

即位して1年も経っていないが、野心に満ちた王であるという噂はすでに大陸全体に広まっていた。

1年間育ててきた軍隊の成果を試してみたい気持ちから十武将なしで送りこんできたのではないだろうかという意見。

もちろん、それに関する詳しい諜報《ちょうほう》はなさそうだった。

ルナン国王にそんな諜報能力があれば、こんなふうに何もできずに敗北することはなかったであろう。

とにかく、重要なのはこの戦いに十武将がいないということ。

ゲームでも十武将は参戦していなかった。

その詳しい理由について今は知る由もない。

だが、今その理由はどうでもいい。攻め込んできた敵軍に勝利することだけが重要。

十武将がいないとなると、注意すべきは敵の策士だけだ！

＊

［獲得経験値一覧］
［戦略等級B×2］

戦略等級はB。

不確実性の高い作戦だった。

ローネン公爵が兵力を送ってくれなければ奪還はなかったから。

ローネン公爵の助けを借りずにひとりでリノン城を奪還していればB以上が出たかもしれないが、意味のない仮定だろう。

王国軍の合流なくして奪還は不可能だったから。

[Lv．13になりました。]

それでも2段階は上がった。

レベルアップは、素の経験値を計算した後、そこにプラス要素が掛け合わされる。

素の経験値は純粋に敵を殺した数値だ。

自分よりも武力の高い敵がいれば、プラス要素が生まれて掛け合わされるシステム。

今回はひとりで倒した敵の数が膨大だった。

兵力を率いて戦ったわけでなく、ひとり奮戦した時間がかなり長かったから。

[レベルアップポイントを獲得しました。]
[保有ポイント：500]

獲得ポイントは400。

スキルの使用でポイントを消費したから残り100ポイントに400ポイントが加算された。

ポイントを得たところですぐに武力の強化にとりかかる。

［武力を強化しますか？　300ポイントを利用します。］

［武力が62になりました。］

わずかではあるが1段階ずつ上げていくということが大切だ。

そのうち70になる日がくるだろう。

残りは200ポイント。

これはひとまず残しておくつもりだ。

＊

バルデスカ・フランは目の前の机にゴンッと頭を打ちつけた。

そして、ぼうっとした顔で上体を起こす。額が赤くなる。

すると、もう一度机に頭を打ちつける。額はいっそう赤くなった。

その様子を見守っていたメルトはその度にどきっとした。

これはバルデスカの癖だ。

悩みごとがあるといつもあんなふうに自傷行為を行う。

だから自分には公爵家の当主フラン公爵を止められなかった。

ただ見守るしかない。

ガンッ――！

また頭を打ちつけたフランは首を横に振った。

彼がこの調子なのはリノン城が奪われたことにあった。

計画は完璧だった。

だが、理解しがたい敵の動きによってリノン城をまた奪還されてしまった。

敵はまるでリノン城が一晩で陥落することを知っていたかのように動いていたのだ。

偶然ありついた勝利ではないということ。

計画を知っていたかのごとく、ベルン城から退却するローネンの軍隊まで利用してリノン城を奪還した。

「ところで、ルナンの新しい参謀のことで諜報を頼んでいたかと」

「そのことですが。情報を集めた結果、すべて予想どおりでした」

「エイントリアンの領主であり補給部隊の指揮官。そして、リノン城の奪還。すべてその男が？」

「左様でございます！」

エイントリアンへの陽動侵攻。

補給部隊の奇襲。

そして、リノン城の奪取。

作戦どおりにいかなかったこの三つの失敗の中心にはすべてその男がいた。

足をすくわれた。

今こうしてルナンの北部に敵兵力が集中したことさえも、その男のせいだった。本来はエイントリアンに攻め込ませた先鋒隊《せんぽうたい》によって、兵力が分散していたはずだった。

「総大将……。リノン城を奪われてしまったので、これからどうしたら……」

計画通りにいけば、今目の前にはルナンの王都があるはずだった。

バルデスカはある決心をしながら机の上で拳をぎゅっと握りしめた。

「心配いりません。まさか、あのルナン王国にフラン家の力まで使うことになるとは思いませんでしたが、今度は勝ちます！」

＊

ベルン城への無血入城を果たしたナルヤ王国軍はリノン城へ進軍してきた。

［ナルヤ王国軍］
［兵力：48720人］
［訓練度：80］
［士気：60］

7万の兵力で攻め込んできたナルヤ王国軍だったが、補給部隊への奇襲とリノン城での戦闘で2万以上の兵力を失っていた。

80もあった士気は20も削がれた数値に。

リノン城の前に駐屯《ちゅうとん》していたナルヤ王国軍はすぐに総攻撃を始めた。

王都を陥落させるためにはリノン城を占領する必要がある。リノン城を無視して王都へ行けば補給に問題が生じるからだ。

そうなると、リノン城と王都の間で孤立することになる。

腹が減っては戦ができぬというように、リノン城を陥落して補給路を確保できなければ、王都への進撃は何の意味もなくなるということ。

だから、リノン城への総攻撃は理解できる。ただ、攻撃の方法には疑問が残った。

「攻撃が単調すぎます。それに、攻撃が北門に集中しているのも怪しいですし……。もしかしたら、これもまた囮かもしれません」

「囮だと？」

「その可能性はあります。兵力を分けましょう。敵の集中攻撃に合わせて北門に兵力を集結するのは最善策とはいえません。各城門に兵を配置すべきです。それに、塞いである地下水路も油断はできませんし。リノン城全体の調査を続ける必要があります」

司令部の会議で俺はこう主張した。

すると、ローネンは俺の意見をそのまま採用して俺に北門の指揮を一任した。

そのように会議が終わると、俺は激戦地の北門へ戻ってきた。

依然として敵は単純な攻撃を続けている。単純というか、正攻法すぎるというか。

攻城兵器で城門を打ち鳴らし、梯子《はしご》を伝って城にのぼってくる。

あまりにありきたりだった。

今もなお、その攻撃は北門と周辺の城壁に集中していた。

正直、こんな状況で兵力を分けられる余裕はなかった。

兵力が不足すれば北門は突破されてしまう。

だが、敵の策士のことを考えると、リノン城全体における調査の継続は必須だった。

だから、兵力不足によって生じる負担は他の方法で解決するつもりだ。

「敵の攻城兵器を始末する。溶銑《ようせん》をかけろ！」

「はい、参謀！」

ローネンに建議して、リノン城奪還戦で死んだ敵兵の武器を溶かし溶銑にした。リノン城には鍛冶屋出身の兵士がいる上に、鍛冶屋もたくさんあるため、問題となる部分はまったくなかった。

溶銑が触れた瞬間、攻城兵器は燃えだした！

高熱を帯びた溶銑によって一瞬で木が燃えつきることを利用した作戦だ。火矢で燃やすのとは比べものにならない速度だから。

「梯子も溶銑で燃やすぞ！　戦闘が長引くほど我われは有利になる！」

攻城兵器と梯子が燃えてしまえば、敵は攻撃の勢いを失わざるをえない。

そうするほどに消耗するのは攻撃を仕掛ける方となる。

うぉぉおおおお！

攻城兵器を破壊すると我が軍の士気が上がった。

北門に集中していた攻撃は停滞し、敵軍は後退を余儀なくされる。

「油断するな！　まだ終わってはいない！」

俺は兵士たちにそう叫んで敵の動きを注視した。

後退していた敵兵はやがて動きを止めた。弓の射程外まで退避したのだ。

「え？」

その状況で大きな盾を持った20人の兵士が城門に向かって前進してきた。

近づいてくる盾兵はひとりの男を護衛していた。

到底理解できない敵の行動。

城門の前までやってきた男は盾兵たちの真ん中で城門を見上げながら声を上げた。

「あなたがエルヒン・エイントリアンですか？」

正確に俺のことを見つめながら。

俺の顔はすでに知られていた。

まあ、補給部隊奇襲戦から生還したナルヤの兵士も大勢いるから驚くことではない。

俺はただ、この状況について知りたいだけ。

「そうだが」

もちろん、ひとつ確実なことがある。

ルナンを苦しめていた策士の正体が今ここで明らかになった。

「それでは、申し訳ありませんが死んでいただきます！」

その叫びと同時に彼の前には巨大なマナの陣が現れた。

黄金色の強烈な光を放つマナの陣が。

＊

［バルデスカ・フラン］
［年齢：28歳］
［武力：90］

［知力：９６］
［指揮：９０］

彼の能力値はすべてAだった。

何なんだ、この無双の存在は！

さらに、マナの陣！

高度な術式で発動するマナのもうひとつの発現法。

マナの陣の威力は武器を通じたマナスキルに比べてはるかに強力なのが普通。

ただ、マナの陣はあらかじめ術式を作っておかないと発動できない。

つまり、準備に時間がかかるという欠点があった。

だが、北門での戦闘は長時間に及んだ。その間にマナの陣を完成させたのだろう。

北門で起きたこの戦闘は囮だったということだが、もちろんそれは想定内だった。

だから、北門を守る兵士の数を減らしてリノン城全体の見回りを強化し、敵の策略を防ごうとしていたのだ。

「最後の勝者はこのナルヤです！」

彼が自信満々に叫ぶ。

まあ、確かにそのとおりだった。

北門の兵力が足止めを食らった！

兵力を分けていても北門の兵力が一番多いのは事実だ。こんな状況で、彼に敗北してばかりのローネンがリノン城を守れるとは思えなかった。

彼が手を振り上げると後方の敵全兵力が二手に分かれて動き始めた。

目的地は東門と西門だろう。

彼を止めるにはマナの陣を壊すしか方法はなさそうだった。

問題は、彼がマナの陣を使った瞬間に９０だった武力数値が９９まで上がったということ。マナの陣が発動すると彼の武力数値は再び９０に戻った。

つまり、発動したマナの陣の武力数値が９９で、マナの陣を使っていない状況での彼の武力は９０ということだ。

特典を使えば自分の武力数値は９２になるが、［破砕］を使うと大通連に秘められた武力が実質的に９７まで上がるのと同じ原理だろう。

だから、目の前の結界は９９の武力を持っているということで、これは武力９７の［破砕］でも壊すことはできないということだった。

「ギブン、兵士たちを落ち着かせろ！　俺が戻るまでに何とかするんだ！」

ユセンとジントは他の作戦に投入したため、ギブンに急いで命令を下した後、俺は城門に駆け下りた。

バルデスカ・フランのマナの陣か。

ようやく少し実体が見えてきたような気がした。

実際のゲームの始まりは1年後のナルヤの大征伐からだ。

だから、今はまだゲームが始まる前の話。ゲームでは説明だけに出てくる部分だが、なぜかそこにバルデスカの名前は出てこなかった。

ナルヤ王国軍の策士とだけ表現されていたその実体はバルデスカ・フランだったのだ。

かつて大陸を治めていた大国、古代エイントリアン王国。王国の広い領土は大陸十二家とエイントリアン王族によって統治されていた。

もちろん永遠などない。エイントリアン王国が衰退《すいたい》していくにつれ、ひとつだった国は分裂し始め、大陸十二家はそれぞれ独立して国を作った。

ナルヤ、ルナン、マテインなどがこの十二家出身だったのだ。

そして、フラン家はその十二家出身であり、ナルヤと共にナルヤ王国を建国した一門。

S級のマナを持つナルヤの王。

そして、A級を誇るナルヤ十武将。

さらに、バルデスカ・フラン！

ナルヤ王国が大陸最大の強者でゲームでもラスボスのような役割を果たしていたのにはすべて理由があった。

ただ、俺がバルデスカという人物を知りながらも、敵の策士が彼であることをまったく予想できなかったのは、彼がゲームの歴史で存在感を放つのは後半部分だったからだ。

後半のシナリオを知っているから覚えているだけで、ここですでに登場していた人物であることはまったく知らなかった。

まあ、今そんなことはどうでもいい！

「止まれ！　バルデスカ・フラン！」

城門へ下りて名前を叫ぶと、バルデスカが怪訝《けげん》な顔をして近づいてきた。

「なぜ私の名前を？　ナルヤでもまだ公表した覚えはありませんが」

「お前は俺を知っているのに、それでは不公平だろ？　俺を甘く見ないでもらいたい」

「その情報力がどの程度のものなのかはわかりませんが、どのみちもうおしまいです。このマナの陣を壊せるのは、私の知る限り陛下おひとりだけ！」

確信に満ちた口調のバルデスカに向かって俺は首を横に振った。

「バルデスカ・フラン！　それはまさに自惚れだ！　まだ終わってはいない！」

マナの陣の武力数値は99だ。

これを今すぐ破壊する方法はない。

だが、俺にはシステムがあった。

彼の武力数値は極めて高い。そう、だからこそ方法があったのだ！

武力の高い武将にかけられるシステム！

だから、自信満々なバルデスカに向かって、

「一騎打ち！」

［相手に一騎打ちをかけますか？］

システムを発動した。

［一騎打ち］の命令を使ったのだ！

ゲームで発動していた命令はこの世界でも発動する。

それが俺のもつシステム。

これは、俺がやっていたゲームはもちろん、似たようなゲームにも常に出てくる要素だ。戦国時代には実際に多くの［一騎打ち］が行われていた。

この世界の状態も戦国時代と変わらない。

多くの国が分裂して戦う。ひとつの国になるために。

だから、［一騎打ち］は必要だ。

とはいえ、ゲームでは［一騎打ち］が成立しない場合が多かった。普通は、強い武将が自分よりも弱い武将に［一騎打ち］をかけるからである。

ゲームの中ではこのような場合［一騎打ち］が成立しなかった。いくつか特別な条件が成立する場合を除いて。

そのため、事実上無意味なコマンドでもあった。

当たり前だ、誰が自分より強い武将に［一騎打ち］をかけるというのか。

だが武力の弱い武将が武力の強い武将に［一騎打ち］をかける場合は確実に発動する。

そう、100パーセントだ！

これが今回の作戦だった。

今の俺の武力は62。

バルデスカの武力は90。

そして、システムは俺にだけ適用される。

つまり、弱い者が強い者に申し込むという条件さえ備わっていれば発動するのではないだろうかというのが俺の考え！

さらに、［一騎打ち］はゲーム上でふたりきりの空間を作り出す。

［一騎打ち］ができる空間を！

その空間が現実にも現れるなら封印から抜け出せるはず！

その予想は的中した。

［一騎打ち］を発動すると周囲が一瞬闇に染まった。

その瞬間、黄金色の結界は破れ、俺とバルデスカの周りには青い壁ができた。バルデスカと俺のふたりだけで対決できる空間が作られたのだった！

「な、何っ？」

これまで変化のなかったバルデスカの表情が歪んだ。驚愕の表情でバルデスカは辺りを見回す。

「ど、どうして……！」

ついには動揺して俺を見つめた。かなり混乱している模様。

「私の陣を破壊するなんて……。一体何を……」

こっちの世界の人にはシステムの力がそっくりそのままマナの力に見える。

つまり、バルデスカよりも強いマナの力を使ったように見えるのだ！

俺は険悪な顔つきのバルデスカにもう一歩近寄って言った。

「ナルヤの王は破壊の王。この世に災いをもたらす存在だ。その道を認めるのか？」

「それがフラン家の使命ですから！」

バルデスカはそのように叫んでは、改めて言った。

「ですが、これは……！」

［特典を使用しますか？］

あとは勝負あるのみ。フラン家はナルヤと深い関係にあるため登用はどのみち無理！

それなら決断は早い方がよかった。

マナの陣を使う相手と戦う時は絶対に時間を与えてはならない。

マナの陣を作り出すと厄介だ。そのため、狼狽している今が攻撃のチャンス。

大通連を持ち、バルデスカめがけて突進した。

マナの陣を使わなければ彼の武力は９０。

特典を使った俺の方がわずかに上だった！
さらに、今のバルデスカは動揺して俺の攻撃に対応できずにいた。
マナの陣が壊れた衝撃から抜け出せずにいたのだ。
ナルヤ王国の3分の1の戦力を占めるともいえる人物をここで始末できる！
俺の剣が彼に近づいた。
だが、まさにその時！
「殿下！」
突然、彼の前に三人の男が現れた。この［一騎打ち］のこの空間に侵入者だと⁉
「殿下をお守りしろ！」
ひとりの男がそのように叫ぶと、ふたりの男たちが俺に飛びついてきた。
どうやら、フラン家の家臣のようだった。
それなら［破砕］だ！
バルデスカを狙い、強力な白い光と共に大通連が直線を描いて飛んでいった。
俺の前を遮ったバルデスカの部下たちはそのまま倒れこむ。
だが、バルデスカとその隣にいた男が赤いマナの陣と共に消えたのが先だった！
現れる時も突然。消える時も突然。
クソッ！
何としても始末したかった。

だが、あんな瞬間移動をどうやって阻止するというのか。

エイントリアン城の地下に金塊を保管するマナの陣と同系統のマナの陣。

地下の金庫に入る鍵となるペンダントのようなアイテムを使ったようだが。

フラン家といえばマナの陣を研究してきた一門。

それも１０００年を超える歳月を研究に費《つい》やしてきた。

残念だが、対抗手段がなければ仕方のないこと。

俺がもっと強くなればいいだけの話だ。

彼が使うマナの陣は武力数値９９。

［破砕］が相手にできるのは武力数値９７まで。

ひとまず、武力数値をあと２つ上げれば恐れる必要はなくなる！

さらに救われたのは、［破砕］がもたらす気絶の効果が５時間であること。

バルデスカがいない敵を撃破して追い払うには十分な時間だった。

＊

バルデスカは深淵を彷徨《さまよ》っているうちに目を覚ました。頭がずきずき痛む。

「くっっ……っ」

彼を救った家臣が跪《ひざまず》いた。

「殿下！」

「メルト……？」

家臣のメルトを見た瞬間、自分がこの場所で目を覚ました理由がわかった。

「フラン家の宝具を使ったのですか？」

「殿下を救うためには仕方ありませんでした。どんな罰でもお受けします！」

古代の宝具。

それはフラン家が1000年かけて生み出してきたマナの陣が宿るアイテムだった。

強力なマナが宿っているもので、宝具によって違う特性を持っていた。

「では……。その宝具は破壊されてしまいましたね」

「はい……。申し訳ございません！」

「まあいいです。あなたに罪はありません。相手のことをきちんと把握できていなかった自分のせい……。それより、我が軍は！」

「申し訳ありません……。いつお目覚めになられるかわからなかったので、あのまま戦場に留《とど》まるわけにはいかず……。今ここは、ナルヤの国境沿いにあるロエンです」

ロエン。

侵略のために今回初めて駐屯した領地。

そこからルナン王国北部の領地を順番に占領していった。

「……」

バルデスカは歯を食いしばった。

自分もやられた。そんな人物に総大将のいない兵力が持ちこたえるのは無理だ。

「全軍に退却を命じます！　一目散に退却すべきです。すぐにでも伝令を送ってください。ひとりでも兵士を救わなければ……」

「かしこまりました、殿下！」

完全なる敗北だった。

すべてにおいて負けてしまった。

バルデスカはぶるぶる体を震わせた。

エルヒン・エイントリアン。

あんな存在がルナン王国にいたなんて。

私の戦略だけでなく、マナの陣まで撃破する人物が！

「今度は……。次があるなら必ず……」

ガンッ――！

そのように言いながらバルデスカは壁に頭を打ちつけた。

＊

総大将バルデスカ・フラン公爵が消えた。それだけでパニックに陥ったナルヤ王国軍。

バルデスカ麾下《きか》の指揮官は何人もいたが、彼のような能力を持つ人材はいなかった。

そんな彼らがバルデスカの敗走を知ったのは、すでに多くの兵力が失われた後だった。

「退却だ！　退却しろ！」

各指揮官が退却命令を出した時点で生きていた兵力は約1万８０００人。

ナルヤ王国軍は、ベルン城やガネン城はもちろん、占領していたすべての領地を捨てて後退を始めた。

そんなナルヤ王国軍の退路にはユセンとギブンがあらかじめ待ち伏せをしていた。

その待ち伏せでさらに多くの兵力を失いながらも、なんとかその状況から抜け出したナルヤ王国軍はルオン城を目標とした。ルオン城には補給基地があったからだ。

「門を開けろ！」

ルオン城に到着すると、いつものごとくナルヤ王家の旗とフラン公爵家の旗が風にはためいているのを見て、ナルヤ王国軍は安心して城内に入って行った。

そして、武器を下ろすとあちこちで休息をとり始めた。

それだけ命がけで逃げてきたのだ。

そんな彼らに向かってナルヤ王国軍の軍服を着た１０００人の兵士が襲いかかった。

「全員殺せ！」

疲れ果てていたところにバルデスカのような知略家もいなかったため、油断していたナルヤ王国軍は無残に蹂躙された。

さらに、その１０００人の兵士を先頭で率いるのは、ナルヤ王国軍の一般兵士の服を着た、ルナン王国のデマシン伯爵家の当主。

エルヒート・デマシンであった。

ルナン王国最強の武将が槍を振り回す。すでに城内に入って油断していた兵力は満足に戦うこともできずに倒れ、まだ城外にいた兵力は驚倒して食糧をあきらめ逃げ出した。

バルデスカという知略家を失ったナルヤ王国軍は一方的にやられてしまった。

その奇襲を実行したエルヒートは逃げる敵兵を放置してルオン城の門を閉めた。

「副大将、追わないのですか？」

「その必要はない。すべて参謀の言うとおりになったではないか。それなら、参謀の作戦に従い続けることが私のやるべきことだ。我われは敵の補給物資でも奪収するぞ。今や敵は完全に参謀の掌中にある。何も心配することはない」

リノン城の戦闘には参加せずルオン城で待ち伏せしてくれとは。

リノン城も危険なこの状況で、最初はとんでもない作戦だと思った。

だが、結局はすべて彼の作戦通りになった。

「敵軍を全滅させたら、彼と一緒に酒を飲む。それも、一晩中だ！」

ルナンの空の下に現れた逸材のことをエルヒートはそのように純粋に喜んだ。

終章　終わらぬ戦い

敵は全滅した。

俺たちは歓呼の声に迎えられて王都に帰還した。

王に謁見《えっけん》するという課題が残っていたのだ。

今はまだ独立できないため、それを拒否する方法はなかった。


金色に輝く豪華《ごうか》な玉座。

衰退していくルナン王国の姿とは真逆で玉座は金色の輝きを放っていた。

何だか逆説的というか。

俺はその光景を目のあたりにして王の前に跪《ひざまず》いた。

「そなたがエイントリアン伯爵か。余の目に狂いはなかった。そなたが国を守るとはな！　クッハッハ！」

脂ぎった顔でそのように称賛《しょうさん》する王。

あたかも、この戦争に勝ったのは自分の手柄だと言いたいようだった。

「敵を倒したのは事実ですが、国を守ったなんてとんでもございません。陛下がおられたから兵士たちも力を出せたのです。すべて陛下のお力です！」

もちろん、今彼の気分を害する必要はない。だから、王の望む返答をしてやった。

その答えが気に入ったのか、王は大きく笑いだした。

「ハッハッハ！　気に入った。実に気に入ったぞ。今後も国を救ってくれるのであれば、そなたに公爵位をくれてやってもおかしくないくらいだ。期待しておるぞ！」

公爵位。

貴族の中でも最高の貴族と呼ばれるのがまさに公爵だ。

つまり王は俺に恩を着せてきたのである。

だが、俺が欲しいのは王の座だ。

世界を手に入れられるチャンス。システムがそれを実現させてくれていた。

特に、システムは［栄光に挑戦する機会］として俺をこの世界に送った。

おそらく、それはシステムを与えるから実際に世界を攻略してみよという意味だろう。

その栄光に挑戦しなければ今の暮らしがずっと続くという保障はない。システムが消えるか、日常に戻るか。それか死ぬか。

それは最悪だ。

これほど興奮する機会を逃すわけにはいかなかった。

いつ死ぬかわからない戦場で生きることになっても退屈な現実よりはましだから！

自分なりの正義を持ち世界に君臨する。

たとえ失敗して死のうとも平凡な人生よりは百万倍もましだった。

だから、俺にはルナンの公爵位など何の意味もない。

「ありがとうございます、陛下。お呼びいただければいつでも駆けつけて参ります」

もちろん、今はまだ王の機嫌取りをしておく必要があるため跪いて答えた。

王の言葉にローネンをはじめとする多くの貴族たちが不快感をあらわにする。

自分たちの権力を奪われることは容認できないということだろう。

結局、単純なのは王だけだ。


「本当に戻るつもりか？　領地は家臣に任せて中央に残ったらどうだ？」

王に謁見して以後、ローネンはそれとなく俺のことを探り始めた。

ローネンは俺が中央に残って権力を得ることを望んでいないはず。

「いえ、今はまだ領地の面倒を見ておきたいので」

俺はひとまずそのよう答えた。

「そうか。それなら止めない。もし考えが変わったら、私を訪ねてくるといい」

ローネンは白々しくそう言いながらうなずいた。

だが、俺は中央の権力などにはまったく興味がなかった。

自分の国を育てなければならない。

大陸南部の国々。

そして、大陸北部のナルヤ。

難敵はあふれかえっている。

ルナンという盾はエイントリアンが力をつけるまで使うつもりだ。

ナルヤの大征伐でルナンが滅亡するなら、その混乱に陥った世界にエイントリアンの名前で登場する。

それまでは力を蓄えながら息を殺して待つだけ。

もちろんそうなると、俺は数多くの都市がある中でエイントリアンという小さな都市から大陸統一を始める領主となる。

ゲームではたくさんの都市が丸や四角でＭＡＰに表示されるが、俺はその中のたったひとつの拠点から始めることになるというだけのこと。

やるべきことが多すぎる。

エイントリアンに戻ってからの、これからの1年。

この1年が最も重要であり、これからが本当の始まりという感じだった。

幸いにも、今回の参戦で得たものは多い。

まずは、ユセンとギブンだった。

彼らは自ら訪ねてきて俺の前に跪いた。

「私と部下たちを受け入れていただけませんか！」

「なにを言っている。すでに君たちは俺の部下だ」

「王国軍を離れると聞きました。それでは、お側にお仕えできないではありませんか。伯爵家の家臣にしていただけるなら命を捧げてお仕えします！」

「私もです！」

同時に話すふたりの男。

もちろん、それは俺も望むこと。

「ふたりとも本気か？」

「もちろんです！」

「その決定がルナンを裏切る結果をもたらすとしても？」

これが一番重要だった。

俺が意味深な発言をするとふたりは互いを見つめ合う。そして、同時に叫んだ。

「伯爵家の家臣が伯爵の命令に従うのは当然のことです！」

こうして、ユセンとギブンは家臣となった。

獲得した人材はジントを含めて3人。

人材だけでなく時間と名声も得た。

参戦したのは正しい選択だったということ。

俺はこれらの成果を得て、エイントリアンへの帰途についた。

＊

時間は少し前。ユラシアは言われた通り、戦争を見守っていた。
そして今、リノン城奪還の戦いの最中である明け方。
彼女は、ローネンに会うため北へ走るユセンの前に登場する。
ユセンが北の地域に散在していたナルヤ王国軍の部隊と鉢合わせたからだ。
彼女はナルヤの兵士たちを次々に斬り倒していった。
なにしろ、ルナンはロゼルンの同盟国だ。
戦闘に加わることは間違いではない。
「ありがとうございます、助かりました！　ところで、どなたでしょう？」
ユセンがそう聞くと彼女は首を横に振った。
「エイントリアンの領主に頼まれただけです。気にせず、あなたのやるべきことを」
ユラシアは無表情でそう言うと押し寄せる兵士たちに立ち向かって行った。
ユセンはその姿を見てしばし躊躇ったが、ローネンに会うため先を急いだ。
ユラシアはその姿を見届け、適当に敵を相手した後に退却した。
近くの高い丘を見つけて上った彼女はリノン城の戦闘を遠くから眺めた。
なぜかわからないが、兵士に囲まれたエルヒンの奮闘を見ていると血が滾った。

あれだけの意志と精神力を持つ者がロゼルンにもいたなら、父王があんなふうに虚しく死ぬことはなかったはず。

ますます自分の力を試してみたくなった。今すぐリノン城へ駆け込みたかった。

しかし、決断した時にはすでに門が開いたリノン城にローネンの援軍が押し寄せ、すぐさまリノン城は奪還された。

想像を超える戦闘の結末を見たユラシアは勝利の歓声が沸き起こるリノン城を眺めながら唇を嚙みしめた。

それらは結局、彼の言ったことは本当かもしれないという証明だったのだから。

ロゼルンに迫る危険。

ロゼルンの王である幼い弟が頭に思い浮かんだ瞬間、ユラシアはすぐにロゼルンへと走り出した。

それはまた別の戦争の火種。

そしてゲームの中の歴史では、彼女が死を迎える戦争でもあったのである。

Oredake LEVEL ga

agaru sekaide

Akutokuryousyu ni

natteita.

あとがき

わるいおとこです。この度、ファミ通文庫さんで二つ目の作品を出版させていただくことになりました。

前作に続き今作もゲームの世界をモチーフとしています。

前作『俺《おれ》の現実《げんじつ》は恋愛《れんあい》ゲーム？？　～かと思《おも》ったら命《いのち》がけのゲームだった～』は恋愛ゲームからインスピレーションを得たとすれば、今作は戦略シミュレーションゲームです。

中高生時代にはまっていた全国を統一するゲームは当時大きな衝撃を得ながら楽しませてもらったので、戦略シミュレーションゲームをもとにした独自の世界を作ってみたいという思いから書くことになったのがこの作品です。

一巻ではまだ自分の国ではなく所属する国のために戦いますが、次第に主人公の国のための奮闘が繰り広げられる予定です。序盤に登場するユラシアは次回からとても重要な人物として登場するので、そこも楽しみに見守っていただければと思います。

また、本作はスクウェア・エニックスさんのガンガンJOKERでコミカライズもされる予定なので、そちらもよろしくお願いします。

最後に、この本の出版に尽力してくださったファミ通文庫編集部の皆さま、そして小説の出版に至るまでアシストしてくださった渡邉涼子《わたなべりょうこ》さんには感謝の気持ちでいっぱいです。

また、イラストを描いてくださったrakenさんにも感謝しています。rakenさんの美しいイラストのおかげで主人公たちにより輝きが増したと思います。

なにより、この本が出版できたのは読んでくださり応援してくださった読者の皆さまのおかげです。

これからも、もっと面白い作品を書けるように努力していきたいと思います。

わるいおとこ

■ご意見、ご感想をお寄せください。…………………………………

ファンレターの宛て先
〒102-8177　東京都千代田区富士見2-13-3　ファミ通文庫編集部
わるいおとこ先生　　raken先生

FBファミ通文庫

俺《おれ》だけレベルが上《あ》がる世界《せかい》で悪徳領主《あくとくりょうしゅ》になっていた

1780

2020年11月30日　初版発行

◇◇◇

著　者　わるいおとこ
発行者　青柳昌行
発　行　株式会社KADOKAWA
〒102-8177 東京都千代田区富士見2-13-3
電話 0570-002-301（ナビダイヤル）
編集企画　ファミ通文庫編集部
デザイン　AFTERGLOW
写植・製版　株式会社スタジオ205
印　刷　凸版印刷株式会社
製　本　凸版印刷株式会社

●お問い合わせ
https://www.kadokawa.co.jp/（「お問い合わせ」へお進みください）
※内容によっては、お答えできない場合があります。
※サポートは日本国内のみとさせていただきます。
※Japanese text only

※本書の無断複製（コピー、スキャン、デジタル化等）並びに無断複製物の譲渡および配信は、著作権法上での例外を除き禁じられています。また、本書を代行業者等の第三者に依頼して複製する行為は、たとえ個人や家庭内での利用であっても一切認められておりません。
※本書におけるサービスのご利用、プレゼントのご応募等に関連してお客様からご提供いただいた個人情報につきましては、弊社のプライバシーポリシー（URL:https://www.kadokawa.co.jp/）の定めるところにより、取り扱わせていただきます。

©Waruiotoko 2020 Printed in Japan

ISBN978-4-04-736425-7　C0193

定価はカバーに表示してあります。